一笑

古龍自署

國際學術研討會

與

武俠小說

古龍武俠小說 領先時代半世紀

【記者賴素鈴／報導】江湖代有才人出，這廂古龍凋零二十載，那廂今朝懸賞百萬獎新秀，浪淘不盡，唯有武俠熱愛，不隨時間變易，在學術研討會上更見分明。以「一代鬼才：古龍與武俠小說」爲主題，淡江大學第九屆文學與美學國際學術研討會昨起在國家圖書館，展開爲期兩天的議程，紀念武俠小說家古龍逝世二十周年，新生代學者與古龍故舊齊聚一堂，以文論劍話武俠。

日前與淡大中文系教授林保淳共同發表《台灣武俠小說發展史》，武俠小說評論家葉洪生昨天在專題演講中，直批胡適1959年底發表「武俠小說下流論」是「胡說」，學界泰斗的不當發言以及隨即展開的「暴雨專案」，反而促成1960年起台灣武俠新秀的繁興，「武俠小說迷人的地方，恰恰在門道之上。」，葉洪生認定，武俠小說審美四原則在文筆、意構、雜學、原創性，他強調：「武俠小說，是一種『上流美』。」

集多年心血完成《台灣武俠小說發展史》，葉洪生認爲他已爲從十歲起迷上武俠小說的半世紀畫上完美句點，並且宣布他「以後決心退出武俠論壇，封劍退隱江湖」。

雖然葉洪生回顧武俠小說名家此起彼落，套太史公名言「固一世之雄也，而今安在哉？」，認爲這是值得深思的嚴肅課題，昨天意外現身研討會而備受矚目的溫世禮，則爲了紀念同是武俠迷的哥哥溫世仁，推出第一屆「溫世仁武俠小說百萬大賞」，即日起至今年10月3日截止收件，經兩階段評選後於明年12月7日公布首獎得主，預料將會是一場武林新秀的龍虎爭霸戰。

看明日誰領風騷？風雲時代出版社發行人陳曉林眼中的古龍，其實領先他的時代半世紀，以致如今雖然古龍逝世20年，陳曉林認爲大家對古龍的了解仍然有限，預言未來世代更能和古龍的後設風格共鳴。

昨天這場研討會，也凸顯武俠小說作爲一項文學研究門類，仍有待開發學習空間。多位與會者都指出，武俠小說的發表、出版方式和管道具考證難度，學術理論與論文格式的建立待加強。而武俠名家的版權之爭、市場競爭力，也增加出版推廣困難，古龍武俠小說的版權糾紛、司馬翎作品的版權官司也成爲研討會的場外話題。

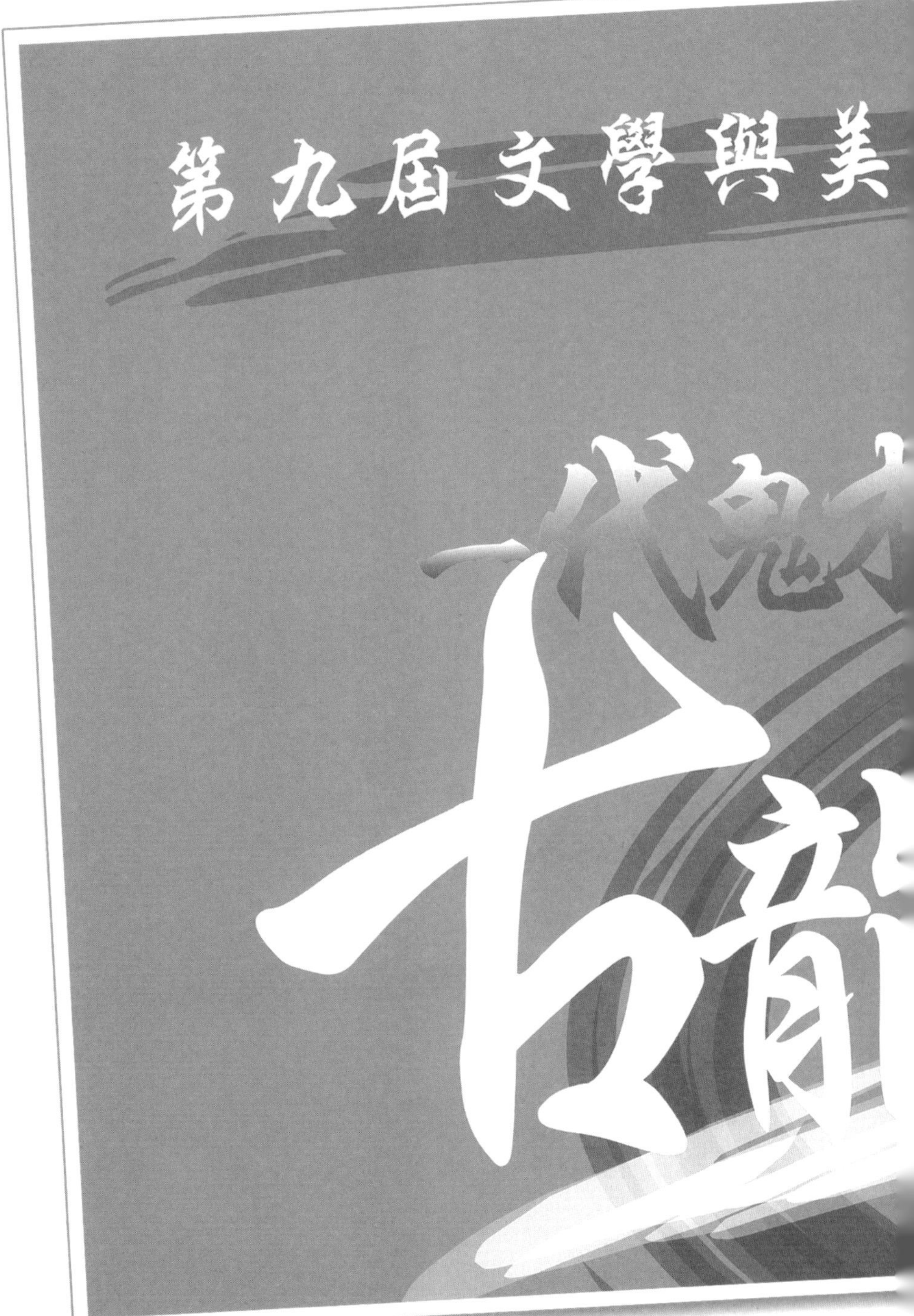
第九屆文學與美

古龍兄為人慷慨豪邁，跌蕩自如，變化多端，文如其人，且饒多奇氣。惜英年早逝，余與古兄當年共飲，且喜讀其書，今既不見其人，又無新作可讀，深自嘆惜。

金庸

一九九六、十、十一，香港

古龍集外集 1

驚魂六記之

水晶人（上）

古龍——創意
黃鷹——執筆

古龍集外集❶

驚魂六記之

水晶人（上）

目・錄

【驚魂六記代序】

恐怖也有它獨特的意境

古龍

想寫「驚魂六記」，是一種衝動，一種很莫名其妙的衝動。

一種很驚魂的衝動——驚的也許並不是別人的魂，而是自己的。

因為這又是一種新的嘗試。

嘗試是不是能成功？

天知道。

我不知道，我真的不知道，我嘗試過太多次。

有些成功，有些失敗。

幸好還有些不能算太失敗。

寫武俠小說，本來就是該要讓人驚魂的。

荒山，深夜，黑暗中忽然出現了一個人，除了一雙炯炯發光的眸子，全身都是黑的，就像是黑夜的精靈，又像是來自地獄的鬼魂。

如果是你，忽然在黑暗的荒山看見了這麼樣一個人，你驚魂不驚魂？

一刀要砍在你脖子上，一槍要刺在你肚子裏，你驚魂不驚魂？

不驚魂才怪。

我要寫的驚魂，並不是這種驚魂。

恐怖也有它獨特的意境。

「意境」這兩個字，現在已經不是個時髦的名詞了。

現在大家講究的是趣味，是刺激，是一些能令人肉體官能興奮的事。

意境卻是屬於心靈的。

所以恐怖的故事才必須有意境。

因為只有從心靈深處發出的恐怖，才是真正的恐怖。

那種意境，絕不是刀光血影，所能表達的了。

那才是真正的驚魂。

好萊塢的電影「大法師」就表達了這種意境，它的畫面、影象、動作、聲響，都能令人從心底生出恐懼，一種幾乎已接近噁心的恐怖。

可惜寫小說不是拍電影。

小說沒有畫面影象，也沒有動作音調，只有用另一種方式表達。

要用什麼方法才能表達出一種真正恐怖的意境來？

無論寫什麼小說，文字都絕對是最重要的一環。

文字。

故事當然更重要。

沒有故事，根本就沒有小說。可是故事中真正令人恐怖的卻很難找尋。

有人說，鬼故事最恐怖，鬼魂的幽冥世界也最神秘。

可是又有誰真的見過鬼魂？

這種故事是不是也太虛幻?太不真實?

我總覺得在現代的小說中——無論是哪一種小說，都一定要有真實性。

所以我寫的「驚魂六記」究竟是種什麼樣的小說，到現在還沒有人知道。

只有等各位看過才知道。

【導讀推薦】

《水晶人》：碧落賦與殺手劫

著名文化評論家 秦懷冰

《水晶人》是古龍創意鋪陳、黃鷹執筆完成的「驚魂六記」系列小說之一，而且是這系列中，承先啟後而相當重要的一部。

如同在此之前的《血鸚鵡》、《吸血蛾》，本篇《水晶人》也是以武俠的形式揉合了驚悚、玄幻的配方，再加上懸疑、偵探、愛情的元素，而調配成的新型武俠小說；從內容的寄意和氣氛的營造看來，也充分凸顯了古龍對創作「驚魂六記」的企圖心。

古龍強調的是：恐怖也有它獨特的意境，而意境是屬於心靈的，所以恐怖的故事才必須有意境。因為「只有從心靈深處發出的恐怖，才是真正的恐怖。」《水晶人》表層推展的是一個殺手集團或殺手世家的內幕故事，但其所呈現的深層真相，卻正是古龍所謂「從心靈深處發出的恐怖」。

詭秘殺手，妖異情景

作為一個受雇為錢而殺人的詭秘殺手，「水晶人」一擊必中，出手從不虛回。據說她每次出現，都伴隨著流轉在姣美面靨下的晶瑩碧綠的螢火，美麗而妖異。被挑中的暗殺對象，大都是富甲一方、聲勢赫赫的門派宗主或武林大豪，他們的武功當然也都是雄霸一時。然而，他們在面對美麗而妖異的水晶人時，竟會被她那美麗面孔上的妖異情景所震懾，以致反應遲鈍，迅即被她的快劍所剋制。

離奇而詭秘的現象當然是，何以她那艷麗無倫的面靨下竟有晶瑩碧綠的螢火蟲在不斷流轉，或兩三隻，或一大群，隨時從她的面靨中飛出，漫天撲來，猶如鬼魅。尤其，她每向對手自稱並非人類，而是「水晶之精靈」，配合其奇詭的劍法和辛辣的身手，成為令人心悸的頂級殺手，威懾一時，自屬必然。

然而，狂飆崛起的水晶人卻忽然消失於武林，無影無蹤。三年後，遊俠龍飛為呵護只曾有一面之緣的朋友公孫白，不惜與勢力浩大，且身懷唐門絕毒暗器七步追魂針的黑道大豪「毒閻羅」對抗，而「毒閻羅」之所以要追緝公孫白，是認為公孫知悉水晶人的下落與秘密。在對抗中，公孫中了毒閻羅的唐門毒針，龍飛獨力難撐，為了解毒，公孫必須去尋水晶的居處，遂不得不將龍飛帶到一處湖上宮殿，號稱是「天人」聚居之地，公孫認為可在此地找到他所衷心愛戀的水晶。原來，水晶人的名字即是「水晶」，出身於湖上宮殿所聚居的「天人」集團，因受毒傷而返回蟄居。

然而，此地主人卻是兇蠻跋扈的女霸「日后」杜殺，公孫表明想見水晶尋求解藥，以去除所中的唐門劇毒，杜殺不予回應，而毒閻羅已率眾追圍湖上宮殿。龍飛與公孫正不知如何是好，卻在詭秘而朦朧的湖上煙霧時隱時現之際，彷彿看到了傳說中的水晶人，但一閃即逝，無跡可覓。不久，龍飛發現杜殺派來監視他們的侍女翡翠似甚善良可親，便與她頻頻互動，而公孫則因水晶在驚鴻一瞥後音訊渺然，怏怏不樂之餘，獨自悶居，甚少現身，儼然也帶出若干神秘氣氛。

碧落賦中，古龍淵源

龍飛透過翡翠，理解到「天人」原來是一個遙控武林局勢的秘密組織，領導者皆是「碧落賦」中人。這裡，便不啻表明了黃鷹執筆的《水晶人》與古龍名著《大旗英雄傳》的淵源關係。古龍原作中，「碧落賦」指代了六位絕代高手，所謂：

——爾其動也，風雨如晦，雷電共作

——爾其靜也，體象皎鏡，星開碧落

爾其動也，即是指風、雨、雷、電四高手；爾其靜也，則指統御他們的夜帝、日后二主宰。在《大旗英雄傳》中，帝后及風雨雷電共六位絕頂高手遙控全局；而在本書中，四高手仍是風雨雷電，日后卻是暴戾的杜殺，「夜帝」則以「天帝」取代，儼然標明了本書對古龍著作的承襲和微調。

在翡翠對龍飛好感日增之際，水晶在湖面左近偶或神秘地出沒，但從來都是驚鴻一瞥，似乎顯示水晶不能正常和公孫見面。在外有毒閻羅集團包圍進逼，內有珍珠、鈴璫等侍女離奇死亡的沉重氛圍中，「日后」杜殺忽然猝死，而「天帝」卻率風雨雷電四高手到來坐鎮。於此同時，宮殿內外，環湖左近，又充斥著美麗而妖異的景象，晶瑩碧綠的螢火蟲又在之間迴旋飛舞，然後，龍飛得知水晶其實已在三年前因毒傷不治而香消玉殞，而公孫則在此時徹底失去蹤影；但離奇的是，依稀彷彿之間，龍飛卻仍在煙霧籠罩的湖畔見到巧笑倩兮的水晶……

天人內鬥，心靈恐怖

情節發展至此，乍看下儼然千迴百折，不斷有出人意料之外的扭轉；但誠如古龍早已指出過的，當所有的伏線都可以串起來的時候，整個故事也就到了收束的階段。水晶之死，乃是「日后」嫌她不夠順從，蓄意不肯救治之故。水晶雖是「日后」栽培的親信，但「日后」統御殺手集團的宗旨乃是手下必須絕對服從，不得有自主意願，水晶與公孫生出情愫，自是犯了「日后」大忌。但「日后」所不知的是：水晶有一姐姐葉玲，為報仇潛來島上匿伏，龍飛、公孫幾次看見驚鴻一瞥的水晶，其實即是葉玲。當公孫終於確認紅粉知己水晶已死，頓覺生無可戀，遂自戕殉情。這即是龍飛在查探「水晶人事件」真相之際，公孫卻長期神秘失蹤的緣由。

「日后」猝死，當然是葉玲暗殺成功之故，但葉玲能夠暗殺成功，卻是因為「日后」近身侍女翡翠從旁以唐門毒針偷襲，分了「日后」的心神。而翡翠之所以不惜冒死一拚，則是因為被「日后」殘忍處死的珍珠乃是她的姐妹。心高氣傲的「日后」培養殺手，不但欲與「天帝」分庭抗禮，更且逐漸發展為主導武林的潛勢力，正在躊躇滿志的時候；卻因這種「順我者昌，逆我者亡」的心態，使得她苛待手下人等，連對身邊的親信都冷酷無情，以致事到臨頭，眾叛親離。

「只有從心靈深處發出的恐怖，才是真正的恐怖」，翡翠於報仇刺殺成功後向龍飛所述葉玲和自己對「日后」的刻骨仇恨，正是這一種恐怖。

然而，水晶死了，公孫殉情了，珍珠等都被「日后」處死了，翡翠在報仇成功後也不待「天人」組織的查問而毅然自行服毒，微笑著死在她所鍾情的龍飛懷中，終於，只剩下黯然神傷的龍飛，面對仍是那麼美麗而妖異的湖上宮殿。

晶瑩碧綠的螢火蟲，竟然在艷麗絕倫的美女面靨中飛舞，然後美女殺手就發出奪人心魄的絕招，令一個個名震遐邇的武林大豪頹然倒下。又有誰會知道，在這樣詭秘妖異的場景背後，更有著「從心靈深處發出的恐怖」？

一 螢火

兩情若是久長時，又豈在朝朝暮暮？

七月初七。

夜已深。

蘇伯玉仍然獨臥在庭院中一架葡萄下。

夜涼如水，他逐漸也感覺到有些寒意。

已經兩次他坐起了身子，但很快又在椅上臥下來，一種說不出的疲倦，就像是劇毒一樣，在他的體內蔓延開來，甚至在開始侵蝕他的骨髓。

他今天並沒有到處走動，而且過得很平靜。

疲倦的其實是他的心。

人到中年萬事休，在一個方退出江湖的江湖人來說，這種感覺尤其尖銳。

他退出江湖才不過三個月。

十年江湖，他的一柄摺扇也闖下不小的名堂。

對於江湖他可以說仍然未感覺厭倦。

三個月之前一天，他方與幾個江湖朋友在醉仙樓頭狂歌痛飲，一封家書就送來，告訴他，他的妻子正重病垂危。

一讀罷，他立即擲杯上馬，日以繼夜趕回去。

可惜仍然遲一步。

這件事令他感覺到很難過，很歉疚，因為他們到底是青梅竹馬長大，情投意合的一雙夫婦。

也許就因為這一份歉疚，對於江湖上的事情突然間完全失去興趣，到現在，始終都沒有再踏出家門半步。

在他來說，他人在江湖的一切恩恩怨怨都已經終結。

但是別人呢？

庭院靜寂。

這個時候大多數的人都已經入睡，蘇家的上下人等也沒有例外。

蘇伯玉並沒有干預他們，也沒要他們陪伴一側。

他只想一個人留在庭院中。

今夜的天色非常好。

故老相傳，每一年的今夜，牽牛織女雙星都會在天上的鵲橋相會。

金風、玉露一相逢，便勝卻人間無數。

一想到愛妻與自己天上人間，最難相見，蘇伯玉心頭不禁又一陣愴然。

◇

廳堂內燈火未滅，庭院中也有兩盞長明石燈，相互輝映，雖然並不怎樣光亮，也不怎樣黑暗。

燈光淒迷，幾隻螢火蟲飛舞在庭院內的燈光中。

晶瑩碧綠的螢火，驟看來非常美麗。

美麗而妖異。

銀燭秋光冷畫屏，輕羅小扇撲流螢，天階夜色涼如水，臥看牽牛織女星。

這該是何等動人景色？

方才蘇家的小丫環也有幾個把扇在庭院中追撲那些螢火蟲，蘇伯玉雖在心頭愴然，那看在眼內，也曾經因為這如詩似畫一般的景色陶醉。

眾人散去，那些螢火蟲給他的感覺也還是美麗。

可是現在他卻竟然生出了妖異的感覺。

◇

風很淡，幾乎感覺不到有風的存在。

那些螢火蟲幽然上下飛舞，很奇怪，始終都留在這個庭院之內。

蘇伯玉一直都沒有留意，現在忽然留意。

他不由自主坐直身子，冷然盯著那些螢火蟲。

也就在這個時候，庭院中突然飄來了絲絲霧氣。

乳白色的霧氣，就像是綿綿蠶絲一樣飄進庭院，纏向那些花木，隱隱約約，似有若無。

——夜霧怎會是這樣？

蘇伯玉心念方動，又發覺無數隻螢火蟲隨著霧氣飛進來。

開始的時候，一隻追隨著一隻，眨眼間三三兩兩，然後就五六成群。

不過片刻，庭院中到處都是螢火蟲。

蘇伯玉開始的時候不由自主的在數，到數到一百三十的時候，再也數不下去。

——怎會有這麼多螢火蟲飛進來？

蘇伯玉實在詫異之極，一雙眼睜得老大。

那些螢火蟲仍然繼續飛進來，上上下下，漫天飛舞。

一點點晶瑩碧綠的螢火不住游移，就像是一條條碧綠晶瑩的絲綿交織在半空中，整個庭院驟看來就像是罩在一個晶瑩碧綠的螢網內。

螢火雖是那麼微弱，但那麼多螢火集中在一起，已足以照亮這個庭院。

整個庭院被照得碧綠。

簡直就不像是人間的地方。

蘇伯玉的眼睜得更大，卻非獨數之不清，眼也看得有些發花了。

——怎會這樣子？

一種強烈的恐懼猛襲上他的心頭。

無知本就是一種恐懼。

不知何時他已經站起了身子，目光無意中一落，才發覺那一身衣衫已經被螢火映得碧綠。

他不由自主的伸出自己藏在袖中的左手。

那隻左手也立時被螢火映綠。

螢火不住的流動，他那隻左手的皮膚也好像在流動，要流出他的身體之外。

他從來沒有見過自己的左手變成這樣，雖則明知道那完全是因為螢火游移不定，可是仍然生出了一種前所未有的妖異感覺，忙將手縮回。

——到底什麼事？

他心中旋即生出了一種不祥的感覺。

每當危險迫近的時候，他就會生出這種感覺。

這時候，庭院中的霧氣更濃了。

蘇伯玉的視線逐漸移向霧來處，整個身子卻一動都不動。

好幾隻螢火蟲在他的身側，在他的眼前飛過，他始終不為所動。

螢火過處，綠芒一亮。

站在螢火中的蘇伯玉就像是一個身上不時發出綠光的怪物，這時候，若是有人走進來這個院子，看見他，少不免大吃一驚。

即使沒有看見他，也不免吃驚。

這麼多的螢火蟲實在罕有，已多到了令人吃驚的地步。

霧更濃。

◇

那些漫天飛舞的螢火蟲忽然間都向庭院中的一簇芭蕉樹飛去。

千萬點螢火同時間奔投向一個目標，實在是一個奇妙的景象。

蘇伯玉視線隨即轉向那邊，只看得瞠目結舌。

千萬點螢火很快聚在一起，凝成了一團碧綠的燈火也似。

那附近一帶逐漸被映成了碧綠色。

本來就碧綠的芭蕉也就更加碧綠了。

那也正就是霧最濃處。

螢火奔投方，那簇芭蕉的前面就多了一個人。

一個女人。

那個女人好像突然出現，又好像早就已站在那裡，只因為螢火奔投，才將她照現出來。

她整個身子都裹在霧中。

那絲線一樣的霧氣正從她身子周圍一縷縷的向外飄飛，彷彿就像是在她體內散發出來。

她穿著一襲淡青色的衣裳，現在卻已因為螢火的聚集由淡青逐漸變成碧綠。

她的面上更加碧綠。

螢火正結集於她頭上三尺不到之處。

她的身材很窈窕，相貌很漂亮。

罕有的漂亮，罕有的妖異！

蘇伯玉十年江湖，見過不少女孩子，更漂亮的也有，但好像這樣妖異，卻是從來都沒有見過。

那個女人甫出現，他心頭已自怦然一跳！

這當然是因為那個女人出現得實在太突然，但到他看清楚那個女人的面龐，那顆心卻幾乎跳出來。

並非因為那個女人的面龐與一般人完全不同。

她一樣有眉毛，有鼻子，有眼睛嘴唇，與一般人無異，只是她的面色，竟然是翠綠色。

這絕非因為螢火的關係，蘇伯玉對於這一點幾乎可以確定。

他雖然也不能肯定那個女人在什麼時候出現，然而他可以肯定，在那個女人出現不久，在螢火開始奔投之際，他已經看見那個女人。

由那一剎那開始，他的視線並沒有再移動過。

他絕對可以確定，那個女人的面色本來就是碧綠色。

在那個女人的面龐之上，就像是蓋上一層水晶。

翠綠而晶瑩的水晶。

那張面龐因而變得很奇怪，好像並不是真的。

螢火閃，那張面龐也在閃光。

蘇伯玉幾乎以為自己是在做夢，一雙眼一眨也不眨，氣息也彷彿開始凝結。

——人怎會這樣？

他正在懷疑，那個女人忽然抬起了她的右手衣袖，溫柔至極的一拂。

聚集在她頭上三尺空中那群螢火蟲立時四散，旗火煙花般四散，流星般四散，蛛網般四散！

這也是一種很奇妙的景象，蘇伯玉卻已無心欣賞，凝結的眼神剎那彷彿凝結成了冰石，冷然散發出一種寒冷的光芒。

他感覺到了殺氣，一股濃重的殺氣！

只有高手之中的高手，殺人如麻的高手，在準備殺人的時候才會發出這麼濃重的殺氣。

蘇伯玉並不是第一次被高手追殺暗殺！

他的右手隨即緩緩從衣袖中抽出來，在手中，已然握住了他仗以成名的那柄鐵扇。

扇長尺半，寒鐵打造，形狀與一般的有些不同。

這不同之處並不多，然而已足夠施展他的獨門武功，是他精心設計的一種獨門兵器。

摺扇出袖，他彷彿就裹在一團淡霧中。

燈光螢火交映下，他整個身子逐漸的彷彿已變得朦朧。

殺氣！

他也已動了殺機，以殺止殺，正就是他做人的一個原則。

飛向他的幾隻螢火蟲剎那間有如飛撞在一幅無形的牆壁上，一隻又一隻，打了幾個旋子，墮向地面，半晌才飛起來，雙翅彷彿已無力，螢火也變得黯淡。

其餘的螢火蟲竟然好像知道不能夠再飛前去，一接近，立即弧形繞開去。

那個女人也就在這個時候從袖中伸出了她的手。

左手。

晶瑩翠綠，似罩著一層水晶，正如她的臉一樣。

她輕舒左手，漫不經意的凌空一招，已然抄住了三隻螢火蟲。

也不知何故，那三隻螢火蟲一到了她手上，竟好像失魂落魄一樣，雙翅搧動了幾下便完全靜止下來。

那三點螢火反而更加閃亮。

她的手也就顯得更晶瑩了。

蘇伯玉目不轉睛，目中充滿了疑惑，他實在看不出那個女人的動作有什麼意思。

不過那個女人並沒有要他久候，很快就讓他知道了。

她抄住了那三隻螢火蟲，隨即抬起了她的左手，竟然將那三隻螢火蟲納入口中。

那三隻螢火蟲一進入她口內，立刻又展翅飛舞。

她的嘴唇這時候已經閉上，可是蘇伯玉仍然能夠看見那三隻螢火蟲！

那三隻螢火蟲赫然就是在那個女人面部的皮膚內飛舞！

那個女人面部的皮膚那剎那竟好像分成了薄薄的兩層，三隻螢火蟲也就飛舞在這兩層皮膚之間。

螢火已因為隔著一層皮膚變得朦朧，就像是三團鬼火。

那個女人的面部彷彿已變成透明，鬼燈般幽然散發出一蓬碧綠色的光輝。

螢火不停在移動，她的面容也好像水母一樣，彷彿不停在變動！

可是無論怎樣變，看來始終是那麼美麗。

這種美麗已絕非人間所有。

蘇伯玉當場瞠目結舌，他心中的感受已不是驚訝這些字眼所能夠形容。

一股寒氣正從他背後脊骨冒起，尖針般刺入骨髓深處。

只不過片刻，他整個人已好像浸在冰水之中，不由自主的打了幾個寒噤。

很多奇奇怪怪的傳說，那片刻之間紛紛湧上他的心頭。

——這到底是人還是妖怪。

蘇伯玉不覺脫口問道：「妖怪？你到底是什麼東西？」

聲音異常的嘶啞，完全不像是他本人的聲音。

那個女人上下打量了蘇伯玉一眼，才回答道：「來殺人的人！」

幽幽的語聲，聽來是那麼微弱，入耳卻又非常的清楚。

雖然那麼說，但聽來似乎又並沒有那個意思，那種聲調倒有點像一個多情的少女正向她的情郎細訴他的情話。

那實在非常動聽，卻絕不像是人間的聲音，最低限度蘇伯玉就從來都沒有聽過那樣的語聲。

他一怔，問道：「殺誰？」

那個女人道：「你！」

蘇伯玉追問：「我與你有何仇怨？」

那個女人道：「你放心，我從來都不會讓自己要殺的人死得不明不白。」

蘇伯玉立即道：「那麼先告訴我你是……」

那個女人截口應道：「水晶！」

蘇伯玉又是一怔，詫異已極的道：「水晶？」

那個女人道：「這是一個好字。」

「嗯。」蘇伯玉不能不承認，接問道：「你是人？」

這句話出口，連他也覺得好笑，那個女人豈非已告訴他是一個人？

那個女人頷首，卻應道：「水晶人！」

水晶，蘇伯玉知道是怎樣的一樣東西，水晶人？他卻不知道是怎樣的一種人。

眼前這個叫做「水晶」的女人，難道是水晶的精靈的化身？

蘇伯玉苦笑道：「無論你是什麼人，我只想問清楚，為什麼你要來殺我？」

水晶幽幽的問道：「你是否還記得萬戶侯這個人？」

蘇伯玉動容道：「天府萬戶侯？」

水晶道：「很好，你總算沒有忘掉。」

蘇伯玉冷笑道：「即使我已忘掉，他也絕不會忘掉的！」

水晶道：「因為你殺了他唯一的兒子。」

蘇伯玉道：「我知道他只有那一個兒子，可惜他那一個兒子實在該死。」

水晶道：「你實在應該連他也殺掉的。」

蘇伯玉搖頭道：「可惜他卻不該死。」

水晶道：「這樣說，你殺人是有你的原則！」

蘇伯玉冷冷的道：「殺該死的人。」

水晶道：「我也有殺人的原則，與你可不同。」

蘇伯玉道：「請說。」

水晶道：「誰出得起錢請我，我就替誰殺人！」

蘇伯玉恍然大悟，道：「是萬戶侯出錢請你來殺我？」

水晶頷首道：「他雖然不懂武功，然而他出的價錢，已足以僱請任何職業殺手替他殺人！」

蘇伯玉道：「你是一個職業殺手？」

水晶道：「不錯。」

蘇伯玉道：「看來不像。」

水晶道：「一個殺手若是被人看出是一個殺手，根本就不是一個成功的殺手。」

蘇伯玉道：「你也並不是一個成功的殺手。」

水晶道：「哦？」

蘇伯玉解釋道：「因為我雖然看不出你是一個殺手，在你出現的時候，便已感覺到你想殺我。」

水晶道：「因為我身上的殺氣？」

蘇伯玉道：「正是。」

水晶道：「所以你已經有所防備。」

蘇伯玉道：「隨時都準備應付你的襲擊。」

水晶道：「可惜你還是要死在我手下。」

蘇伯玉冷笑道：「自信心倒很強。」

水晶道：「這也是一個職業殺手的重要條件。」

蘇伯玉上上下下打量了水晶幾遍，忽然道：「你看來非獨像一個職業殺手，而且不像一個人。」

水晶聽到這句話，終於笑了。

蘇伯玉聽不到水晶的笑聲，只是朦朧的看見水晶在笑。

這一笑，水晶更變得妖異，一個人彷彿變成兩個。

一個冷若冰霜，一個卻像春風解凍，笑得那麼溫柔。

三隻螢火蟲仍然在她的面龐內飛舞，碧綠的螢火鬼火般幽然發光，她面部的皮膚本來就像已分成了兩層，現在這一笑，更加明顯了。

在外的一層已完全透明，既像水晶，也像冰雪，更像蟬殼，在閃的一層這下子就像是正在蛻變的秋蟬一樣。

蘇伯玉心頭發寒，但仍然力持鎮定。

水晶笑應道：「我這個人本來就是水晶雕琢出來的。」

蘇伯玉悶哼道：「也就是說，你原是水晶的精靈的化身，是妖怪了。」

水晶只笑不語。

蘇伯玉接問道：「妖怪難道也需要殺人賺錢？」

水晶道：「可惜將我雕琢出來的卻是個凡人。」

蘇伯玉道：「你是受那個凡人的支配？」

水晶道：「我若是不服從他，就只是水晶而已。」

蘇伯玉奇怪問道：「那是誰？」

水晶仰眼向天，道：「你知道是誰要殺你，其實已經可以死而無憾了。」

蘇伯玉不覺點頭道：「不錯。」

水晶幽然吁了一口氣，一隻螢火蟲隨著從她的嘴唇飛了出來。

那一點螢火彷彿更加光亮，也不知是否心理作用，雖然那隻螢火蟲迅速混進漫天飛舞的螢群中，蘇伯玉仍然知道牠的存在。

似乎那隻螢火蟲與一般的已經完全不同。

他的目光不覺轉注在那隻螢火蟲之上，但立即轉回去水晶那邊。

這剎那之間，水晶碧綠的面龐已經暗了下去，其餘的兩隻螢火蟲都已從她的嘴唇飛了出來。

蘇伯玉又感覺到殺氣！

比之前他所感覺到的更濃重。

他一聲輕嘆，道：「也許你說的都是實話，只可惜我這種人絕不會束手待斃！」

水晶道：「看來亦不像。」

蘇伯玉道：「你好像很有信心。」

水晶道：「因為到現在為止，我從未失手。」

蘇伯玉道：「這一次也許會例外。」

水晶冷笑。

蘇伯玉接道：「從你的說話聽來，你殺人已經不少。」

水晶道：「確實已不少。」

蘇伯玉道：「奇怪江湖上並沒有關於你這個人的傳說。」

水晶道：「我開始殺人不過一年，在我的劍下，也從無活口！」

蘇伯玉目光一沉，道：「你用劍？」

水晶的身上並沒有帶著劍。

她聽說一笑，道：「劍在我袖中！」說著她突然轉身，右手同時疾揮了出去！

「錚」一聲，一道寒芒剎那從她右手衣袖中飛出，疾射向她身旁一株芭蕉樹的後面。

「奪」地一下異響立時在那裡傳出來！

蘇伯玉看在眼內，一怔，面色倏一變！

寒芒一閃飛回，是一支軟劍，三尺三寸，劍鋒有如一泓秋水，晶瑩清亮。

劍尖在滴血。

一僕人裝束的中年人，連隨從那株芭蕉樹後衝出，一衝半丈，倒在水晶前面，咽喉鮮血箭也似激射。

水晶冷笑道：「他是你家中的僕人？」

蘇伯玉失聲道：「蘇松！」

蘇伯玉點頭。

水晶道：「你這個僕人的好奇心未免重了些。」

蘇伯玉瞪著水晶，眼中彷彿有怒火正在燃燒。

水晶道：「他若是以為我不知道他躡足走近來偷窺，可就大錯了。」

蘇伯玉道：「我這個僕人也該死？」

水晶道：「接近我的人，都該死！」

蘇伯玉不怒反笑，頎長的身子突然射出，射向那簇芭蕉樹前的水晶！

他在輕身提縱方面也有相當造詣，三丈距離，一躍即至！

人到扇到，「刷」地一聲，扇面打開，切向水晶咽喉！

那柄摺扇十三支扇骨都是寒鐵打造，扇面卻是紙糊的，上面還有一幅工筆望月懷遠圖，還寫著張九齡那首望月懷遠詩。

即使沒有鐵骨，只是一柄普通紙扇，貫注蘇伯玉的內力，已有如利刀，已足以切斷一個人的咽喉！

水晶只看來勢，不等扇到，一聲「好」，身形已飛閃開去。

蘇伯玉冷笑道：「還有更好！」緊追上前，扇一抹，一連三式，仍然是切向水晶的咽喉。

水晶一閃再閃，三閃，突然開口吟道：「海上生明月，天涯共此時，情人怨遙夜，竟夕起相思——」

這正是扇面上寫著的，張九齡那首望月懷遠詩的上四句。

這個水晶人好利的一雙眼。

到「相思」兩字出口，她人已掠上了一座假山之上，接吟道：「滅燭憐光滿，披衣覺露滋，不堪盈手贈，還寢夢佳期！」

語聲未已，蘇伯玉已向她連攻二十一扇，卻都被她一一閃開，飄然從假山上掠過。

蘇伯玉的身形並不比她慢多少，方才緊追而上，此刻又緊追而下，扇一招三式，一式十二變，「刷刷刷」，三十六扇搶攻！

水晶仍然只是閃避，竟還能夠抽空說話：「張九齡這首詩實在不錯，寫景處不離情，寫情處不離景，篇中絕不提望字、懷字，卻處處有望字、懷字。」

蘇伯玉冷笑道：「少廢話！」摺扇「啪」地一合，劍一樣戳向水晶的胸膛！

水晶劍終於還擊，一挑震開了來扇，一引反刺向蘇伯玉的胸膛。

這一劍非獨迅速，角度的刁鑽，尤其出人意料！

蘇伯玉也想不到，摺扇回救不及，愴惶急閃！

水晶搶制先機，再刺十三劍，將蘇伯玉一連迫開了十三步，忽然又說道：「聽說你文武雙全，詩也作得很不錯，怎麼將別人的詩錄在自己扇上？」

蘇伯玉道：「與你何干？」

水晶道：「你扇上那幅畫畫得很秀氣，字也是，倒像是出自女孩子的手底，這莫非是哪個女孩子送給你訂情之物？」

蘇伯玉厲聲道：「廢話！」趁隙搶上，扇刷地又打開，斜切水晶面龐！

他語聲雖然凌厲，心中實在也有些佩服。

那柄摺扇之上的詩畫，的確並不是出自他，是出自他的妻子，也的確是他們的訂情之物。

水晶橫劍將來扇架住，柔聲道：「若真是訂情之物，你就該好好珍惜才是，拿來與別人交手，萬一弄破了如何是好？」

蘇伯玉道：「你少管！」扇招三變。

水晶劍式也三變，封死了蘇伯玉的摺扇，倏的凝目盯著蘇伯玉，道：「我不管怎成！」

蘇伯玉不由自主地凝盯著水晶。

一動手，兩人的距離便已接近，很奇怪，越接近，蘇伯玉反而就越看不清楚水晶的相貌。

水晶的面部就像是隔著一層透明的水晶，越接近，反而越朦朧。

可是這剎那，雙方的目光一凝一觸，蘇伯玉突然發覺，水晶的容貌一清。

他幾乎同時失聲道：「香霞！」

香霞乃是他妻子的名字，那剎那，他突然發覺水晶的容貌並不是方才所見的那樣，簡直就變了另外一個人，與他的妻子楚香霞竟然完全一個模樣！

那剎那他心中的驚訝實在難以形容，所有的機能那剎那完全停頓！

——水晶怎會變成了香霞？

他驚訝未已，就聽到了裂帛一聲，然後感覺咽喉一陣錐心的刺痛！

剎那他完全清醒！

他眼前楚香霞的面龐煙霧一樣散開，旋即他又再看見了水晶。

朦朧的面龐，冰冷的眼神，水晶仍然是那個水晶，模樣一點也沒有變易。

——香霞呢？

他很想問清楚水晶，香霞在何處，可是他一個字也都說不出！

他的咽喉已經被切斷。

那柄摺扇亦裂開兩邊，水晶的軟劍從摺扇裂口處穿過，刺進了他的咽喉！

劍尖現在仍然留嵌在他的咽喉之內。

現在他總算明白，到底發生了什麼事情，可是他始終不明白香霞怎會出現在他眼前。

——難道香霞要與我並肩攜手走在黃泉路上？

——香霞孤零零一個，我也該與她一起才是。

他面上緩緩露出了笑容，是那麼淒涼，卻又是那麼滿足。

水晶的眼睛一直沒有離開過蘇伯玉，蘇伯玉面容變化完全在她眼內。

她冰雪一樣的眼瞳彷彿逐漸的溶解，忽然嘆了一口氣。

然後她將劍抽出。

鮮血旋即從蘇伯玉的咽喉激射出來，他一聲不發，含笑倒在水晶身前。

水晶目光一落，又嘆了一口氣，道：「一個人太多情，並非一件好事。」

多情自古空餘恨。

◇

霧未散，千百點螢火漫天飛舞。

水晶嘆息著以指彈劍，「嗡」一聲龍吟，劍上的餘血雨粉一樣飛散。

然後她從懷中抽出了一張淡青色的信箋，抖開。

她右手那支軟劍隨即劃出，凌空一捲，劍鋒上已然多了十幾隻螢火蟲！

螢火碧綠，與劍光輝映，劍鋒於是更加晶瑩。

螢火照亮了水晶的面龐，也照亮了那張淡青色的信箋。

信箋上以淡墨寫著幾行字。

七月初七　蘇伯玉

七月初八　魏長春

七月初九　石破山

水晶目光再落在蘇伯玉的屍身之上，左手倏一揮，那張淡青色的信箋飛上了半天！

劍光與螢火同時一閃，在那張淡青色的信箋之上劃過。

那張淡青色的信箋立刻分成了兩邊，左右飛開，水晶的左手再抬，接住了左半邊的信箋。

右半邊她沒有理會，就讓它飄落地上，在那邊信箋之上，只有一行字。

——七月初七　蘇伯玉

這也許就是一張殺人名單，蘇伯玉這名字現在已從名單上剔除。

那半邊信箋落到地上的時候，水晶劍已經回袖，幽然舉步向院外走去。

隨著她腳步的移動，千絲萬縷的霧氣一齊向院外飄飛。

那些螢火蟲有若她的隨從，緊追在她身後，亦向院外飛出去。

千萬點碧綠色的螢火，擁著一個裹在千絲萬縷的霧氣之中的水晶人，若非親眼看見，有誰相信這是事實。

如此良夜，竟發生一件如此詭異恐怖的事情。

水晶人到底是怎樣的一個人？

二　斷魂槍

七月初九。

夜未深。

石破山冷然坐在家門前面的一張竹椅上，一雙眼睛似開還閉，就像是一頭欲醒未醒的睡獅。

他頭髮蓬鬆，虬髯如戟，衣衫骯髒而破舊，一身汗臭，丈外可聞。

認識他的人都知道他向來不修邊幅。

他魁梧的身子已塞滿了那張椅子，一雙手平擱在左右椅把之上。

那雙手肌肉虬結，指掌生滿了老繭，看來是那麼的結實有力。

但除非知道他的底細，否則只怕很難會相信他是一個武林高手。

他看來確實不像，倒像是一個農夫。

在他的後面，是一間典型農家小屋，也就是他唯一的家，一年之中，他最多只有一個月留在這個家之內，其餘的時間，都是在江湖上闖蕩。

一離開這個家，他簡直就像變了另外一個人。

他會穿最華麗的衣服，上最高貴的館子，玩最潑辣的女人，騎最烈的馬，闖最大的強盜窩，殺最凶悍的強盜。

他曾經浴血惡戰一晝夜，將兩河最出名的連雲寨十二個寨主一一刺殺槍下，盡逐連雲寨所有嘍囉，然後將連雲寨歷年劫奪得來的財物，分載在十二輛大馬車之上，運出這連雲寨。

跟著他開始花錢。

整整花了四個月，他才將那筆財物花光。

於是他變得更有名，然而他卻在那個時候回去他建在山中那間小屋。

也許他實在需要好好的休息一下，也許在那個時候他實在已再無錢可花。

有人說他是一個俠客，亦有人說他是一個瘋子。

他並不在乎別人對自己的看法，只是做他自己喜歡的事。

像這樣一個人，仇家當然不會少。

想殺他的人很多，敢殺他的人也不少，但敢殺而又有本領殺他的人，到現在仍然沒有。

那些敢殺他的人，來殺他的人，都已一一伏屍在他那雙斷魂槍之下。

那雙斷魂槍現在正左右插在他椅旁，他伸手可及的地方，槍桿深嵌在泥土之內。

每當他這樣做，就表示他準備與人動手。

他實在不希望將血腥味帶到來山居這個寧謐的地方，只是他今夜，已經沒有選擇的餘地。

現在他正準備殺人，也準備被人殺。

他從來都不相信有人能夠殺死自己，可是今夜敵人未到，他這份信心已經在動搖！

因為他已經知道，今夜來殺他的不是一個普通人，是一個——

水晶人！

◇◇◇◇

今夜的風並不急，溫柔得就像是情人的手，卻已經足以吹動槍鋒下的紅纓。

屋前的空地上斜插著兩支丈多兩丈長的竹竿。

竿頂各懸著一個白紙燈籠，燈火已燃亮。

燈光下，紅纓紅得有如鮮血般，也不知本來就是那種顏色還是被鮮血染成那樣。

燈籠在風中輕輕搖曳，燈火淒迷，周圍看來是那麼平靜。

天上有星，山中無霧。

忽然有霧。

一絲絲一縷縷的白霧不知何處吹來，幽然飄浮在蒼白的燈光中。

石破山若無所覺，一雙眼仍然欲開還闔。

霧更濃，冷霧中攸然多了一點碧綠色的光芒。

——螢火！

一隻螢火蟲幽然飛舞在冷霧中。

從何處飛來，欲飛往何處？

石破山還是若無所覺。

螢火一點點增加，不過片刻，已增加至數百點。

石破山終於張大雙眼，滿眼的疑惑之色，忽然嘟喃道：「奇怪？怎麼突然飛來這麼多的螢火蟲？」

話口未完，他眼旁條的瞥見了一團綠光，側首一望，不由怔在那裡。

在他身後那間小屋的屋頂上，千萬隻螢火蟲結集在一起，在半空聚成了一盞碧綠色，鬼火一樣的螢燈。

螢燈下，屋脊上，幽然坐著個淡青衣裳的女人。

那個女人的衣裳在螢燈下散發出一蓬迷濛的光芒，迎向螢燈的部份更就淡青轉成碧綠。

她正在輕舒右手，細理雲鬢，一副弱不禁風，嬌慵無力的樣子。

石破山看在眼內，不由倒抽了一口冷氣。

他已經看清楚那個女人的一雙手與面龐有異常人，簡直就像罩上一層透明的水晶。

——這個人倒也奇怪。

石破山雖則奇怪，仍然能夠壓抑住內心那份好奇心，並沒有開口發問。

那個女人也沒有理會他，自顧整理那被風吹亂的頭髮。

屋脊上的風無疑大一點，雖理還亂。

那個女人似乎也覺察到，終於停下雙手，聚結在她頭上半空的螢燈幾乎同時爆開，千萬隻螢火蟲蛛網般四散。

石破山幾曾見過這般奇異景象，當場目定口呆。

那個女人旋即抓住了幾隻螢火蟲，送進口內。

螢火立時變得更淒迷，那幾隻螢火蟲也就在那個女人面部的皮膚內飛舞！

螢光不住的移動，那個女人面龐的皮膚彷彿已經水晶一樣通透，鬼火般發出一蓬青白而晶瑩的光芒。

蔚藍的夜空襯托之下，她完全就不像一個人，那張臉朦朧中看來有如一顆高貴的寶石。

一顆被裹在薄紗之中的寶石。

卻更像一盞被放在霧中的水晶燈。

她整個身子這時候都已被裹在如綠白霧之中。

石破山都看在眼內，由心寒了出來。

在江湖上，若說到膽子之大，他就是認了第一相信也不會有很多人反對。

事實他的所作所為，有時候的確像吃了老虎心，獅子肝，膽包著身一樣。

但現在他竟然不由得心寒，這簡直就是他有意識以來，從未有過的事情。

他知道坐在屋脊上那個女人必定就是要殺他的那個水晶人。

可是他雖然知道那個水晶人並不是一個普通人，卻怎也想不到竟然是如此的妖異。

他不覺已站起身子。

那張竹椅幾乎同時片片碎裂，那剎那之間，他體內的真氣有如脫韁野馬一般流竄，一個身子已好比鐵打的一樣。

除了斷魂槍之外，他還兼練十三太保，鐵布衫之類的橫練功夫。

他並非有意示威，只是那剎那之間，不覺運起了真氣，好好的一張竹椅子便被他震碎。

然後他轉過半身，瞪著水晶，問道：「你就是水晶人？」

宏亮的語聲，霹靂般的震動。

水晶聽得說，不由得一怔。

向來就只有她令對方驚訝，可是現在對方一開口，卻竟就說出她水晶人的身分，這在她，也是從未有過的事情。

她仍然點頭。

石破山接道：「是『千里追風』丘獨行重金請你來殺我？」

水晶奇怪道：「你都知道了？」

石破山道：「我而且知道七月初七你殺了鐵扇蘇伯玉，初八殺了綿掌魏長春。」

水晶冷笑道：「你知道的事情倒不少。」

語聲明顯的帶著強烈的驚訝，石破山知道之多，無疑是大出她的意料之外。

石破山也沒有要她傷腦筋，連隨說出了其中秘密，道：「這都是丘獨行告訴我！」

水晶一怔道：「哦？」

石破山道：「丘獨行雖然只得一條右腳，但輕功之高強，絕不在任何一個以輕功成名的武林高手之下，所以早就已博得一個『千里追風』的外號。」

一頓才接道：「可是自從被我以槍挑斷了他唯一那條腳的主筋之後，莫說千里，一里的風也都追不到了。」

水晶道：「又為了什麼？」

石破山道：「他名雖大俠，事實卻是一個巨盜，我平生最痛恨的就是這種小人，何況他又是在做案的時候撞上我。」

水晶道：「你應該當場將他刺殺才是。」

石破山道：「我看他平日並沒有濫殺無辜，所以也沒有存心取他性命，再說他雖被我挑斷右腳，仍然能夠奪馬及時逃出去！」

水晶道：「你若是有意追殺，相信他還是逃不了的。」

石破山道：「不錯。」

水晶道：「如此又何致於有今夜？」

石破山道：「石某做事向來都不會後悔。」

水晶道：「好。」一頓接道：「丘獨行想必知道你是一條血性漢子，所以在我到來之前先給你打一個招呼。」

石破山搖頭道：「他告訴我目的只是要我恐懼一下，死前也不好過，所以連蘇伯玉、魏長春的死在你劍下，也一併告訴我。」

水晶冷笑道：「他怎麼知道這許多的事情？」

石破山道：「這個人本來就是一個大小人，從來都不相信他人說話，是以拿出了錢之後，仍然懷疑你有沒有能力殺我，一直都在旁暗中監視。」

水晶聽了之後身子不由得起了顫抖，心情似乎很激動，冷笑道：「千里追風不愧是千里追風，雖然沒有兩條腳，輕功仍然是高人一籌，追蹤了我那麼久，我竟一點也都不覺察。」

石破山道：「若非如此，方才我已經將他刺殺在槍下！」

水晶道：「他還有一條腳的時候，你可以追及將他刺傷，到現在他兩條腳都沒有，怎麼你反而讓他逃去？」

石破山道：「這是因為他早已準備好馬匹在旁，話一說完，立即飛身上馬——不過他這幾年來，顯然也下過一番苦功，否則在上馬之前，已經被我那脫手一槍刺殺！」

水晶道：「現在也許他又已來了，他恨你如此之深，不親眼目睹你倒下，如何心甘？」

石破山縱目四顧一眼，道：「這附近周圍百丈，並無任何可以掩蔽身形的東西！」

水晶看得比他更清楚，頷首道：「你選擇這樣的地方建屋子，相信也是為避免被別人暗算！」

石破山道：「一個人仇人太多，總該小心一點，何況我那麼喜歡喝酒。」

水晶道：「你今夜看來滴酒也未沾唇。」

石破山大笑道：「我若非知道你曾殺蘇伯玉、魏長春，必定痛飲三斗，才與你拚一個高下！」

水晶無言。

石破山接道：「強敵當前，焉可大意！」

他連隨俯身探手，抓起了一個酒罈，道：「這罈中載的乃是陳年美酒，今夜我若是能夠殺你，必將之開懷暢飲。」

水晶道：「不怕丘獨行趁醉將你刺殺？」

石破山笑道：「丘獨行算是什麼東西，在江湖上雖然人稱他名俠，根本不過是沽名釣譽之徒，只有那幾下子三腳貓輕功本領，我便是酒醉九分，也一樣可以將他打得落荒而逃！」

水晶道：「哦！」

石破山笑接道：「我若是死在你劍下，這罈酒你不妨帶走，開懷一醉！」

一頓又說道：「石某人匹馬江湖，至今仍未逢敵手，你真個能夠殺我，也實在值得高興。」

水晶淡然道：「我會的。」

石破山又道：「能夠殺死蘇伯玉、魏長春的也絕非庸手，能夠與如此高手一拚，石某人死又何憾！」

語聲一落，他反手將酒罈摔在地上！

「噗」一聲，酒罈深嵌入泥土內，卻竟然未碎。

他雙手連隨一分，拔起插在左右的那兩支纓槍！

纓槍在手，頹態盡掃，神采飛揚！

他左手纓槍隨即一指水晶，厲喝道：「下來！」

水晶淡然一笑，隨著她這一笑，那幾隻螢火蟲一隻又一隻從她的嘴唇飛出來。

她發亮的面龐逐漸暗淡了下去。

石破山只看得頭皮發炸，雙槍卻握得更加緊。

最後一隻螢火蟲飛出水晶的嘴唇，水晶便站起身子，她的動作是那麼緩慢，那麼溫柔，且又是那麼嬌美。

然後她從屋脊上飄然躍下。

千絲萬縷的白霧裹著她窈窕的身子，彷彿就是從她的體內散發出來，驟看之下，簡直有似天外飛仙降臨人間。

石破山從來都沒有見過一個動作這樣嬌美，這樣動人的女孩子。

——這樣的一個女孩子，居然是一個心狠手辣的殺手，有誰相信？

他動念未已，水晶已落在他身前兩丈的地上，款擺柳腰，向他走來！

他忽然發覺這個女孩子的腰肢竟然還沒有他的臂膀粗。

——這樣的一個女孩子諒她也沒有幾斤氣力，殺人用的必然是旁門左道的技倆，倒非要認真小心防範不可。

他方自暗囑自己小心，就感覺到一股濃重的殺氣排山倒海也似壓來！

在他的面前也就只得水晶一人。

——好像這樣纖弱的女孩子怎能夠發出這麼凌厲的殺氣？

他方感驚訝，水晶就發出一聲叱喝！

這一聲叱喝凌厲之極，完全不像發自她口中，如利劍一般刺進石破山的神經！

石破山竟然被喝得混身一震！

水晶向前緩緩移動的身子即時一變，箭矢也似的射前，丈三四距離一射即至！

她藏在袖中那支軟劍同時射出飛刺石破山咽喉！

所有的動作一氣呵成，簡直就閃電一樣！

石破山實在意外之極，但畢竟臨敵經驗豐富，身形急變讓開。

水晶一劍落空，又一聲嬌叱，身形一落即起，人劍凌空飛撲擊下！

剎那間，她已經凌空連刺一十七劍。

一舉手，一提足，每一個動作都是那麼狠勁，人與劍彷佛已合成一整體！

劍風呼嘯，衣袂獵獵作響，竹竿上掛著的燈籠也彷佛被影響，燈火搖曳！

石破山一時間竟然被迫得無從招架，身形一退再退，雙槍完全無暇刺出去。

水晶緊緊追擊，叱喝連聲，混身每一分每一寸的肌肉簡直都在動，利劍急刺，一劍急一劍，一劍狠一劍！

與方才比較，她簡直就像是完全變了一個人！

石破山也是到現在為止，從未見過一個體力這樣充沛凌厲的女孩子！

即使是男人，也一樣罕有！

他幾乎以為，向自己攻擊的是一條野獸，不是一個人。

一失先機，他空有一身武功，完全施展不出！

——倒要看你有多少氣力！

他心中冷笑，左右手交飛，以槍桿護住了身前的所有要害！

錚錚聲中，水晶手中利劍連連刺在槍桿之上，一有空隙，立即刺進。

她連刺一百七十三劍，總算有兩劍刺在石破山的胸襟！

她體力的充沛，遠在石破山的推測之外，飛騰跳躍，狠辣迅速，所有動作，非獨與她的外形迥異，甚至不像一個人！

男人女人也不像。

只像是一條雌豹，凶悍！敏銳！

她彷彿也忘記了自己是一個人，但求將對方刺殺劍下，便同時死在對方槍下亦不在乎。

石破山匹馬江湖，身經百戰，卻從未遇上過這麼可怕的對手。

他不覺由心寒了出來，有生以來這還是他第一次感到恐懼。

絕不是畏死，他絕不是貪生畏死的那種人。

他只是驚訝天下竟然有一個水晶這樣的女人！

——難道她根本就不是一個人？

他脫口呼道：「你瘋了！」

這句話才只有三個字，水晶已瘋狂一樣向他刺了十三劍！

十劍刺在槍桿上，還有三劍又刺進了石破山的胸膛！

血透胸襟！

刺的雖不是要害，石破山已感覺到疼痛，突然大吼一聲，雙槍不顧一切的疾刺了出去！

在他的體內，本來就潛伏著野獸一樣的野性，否則也不會匹馬獨闖連雲寨。

這時候他簡直有如一頭負傷的野獸，咆哮聲中，雙槍捨生忘死的刺出！

他滿頭亂髮，滿面虬髯同時刺蝟一樣揚起來，面色通紅，一雙眼銅鈴般睜大！

若是膽子小一點的人，給他這一吼，再看見他這副模樣，只怕已軟了半截。

水晶卻完全不為所動。

她的神經簡直鋼絲般堅韌，人與劍繼續瘋狂的撲刺石破山！

◇

槍鋒如雪，紅纓如血，槍一振動，紅纓彷彿已盡飛！槍勢如龍，其急如電，石破山的咆哮聲亦有如霹靂一樣。

水晶劍與人始終閃電也似飛射！

雙槍一劍迅速在半空交錯，人剎那幾已無蹤！

「刷」一聲，一支竹竿在槍鋒下斷成了兩截，斷竹與燈籠流星般半空中落下！

「噗」的燈籠落在地上，火焰飛捲而出，燈籠迅速化成了一團火燄。

槍芒劍光那剎那突然消失！

水晶劍與人飛退兩丈，劍尖上一縷鮮血飛曳，弧形散落在地上。

石破山木立原地，一翻腕，槍尖向下，雙槍齊插在身旁的地上。

入地只半尺，他混身的氣力彷彿已十散八九。

一股血箭正從他的胸膛向外激射開去！

他突然放聲大笑，道：「痛快！痛快！」

第二句「痛快」出口，他雙手連槍桿都已握不穩，手一鬆，推金山倒玉柱的蓬然仆在地上。

水晶冷然看著他倒下，以指彈劍，沾在劍尖上的餘血「嗡」然劍吟中盡散！

她的左手連隨從懷中抽出半截淡青色的信箋，移近嘴唇，輕輕的一吹。

那半截信箋幽然飛入了半空。

在上面只有一行字。

——七月初九，石破山。

夜更深，山風仍然是那麼溫柔，漫天螢火也飛舞依舊。

那半截淡青色的信箋螢光中悠悠飄落地上。

水晶終於舉起了腳步，突然間，她混身猛可一震，才舉起的腳步條的放下！

在她身後兩丈不到之處，一塊約莫丁方兩尺的地面幾乎同時裂開，泥土飛揚中，一條人影怒鶴一般從地下射出，筆直射上了半天。

那是一個葛衣老年人，年紀相信已超過六十，但絲毫老態也沒有。

他的腰身看來比一般人瘦長，但整個身子平均卻比一般人矮小，那是因為他的一雙腳都已齊膝斷去。

在他的左右脅下都夾著一支拐杖，精光閃閃，竟然是鐵打的。

他的身形卻並沒有受到這兩支鐵拐的重量影響，雙手策拐，「颼」一聲，身形直飛上三丈，凌空一個翻滾，斜斜落下。

叮叮兩聲，雙拐先著地，驟看來，這個人就像是掛在鐵架上的烤鴨一樣。

蒼白的燈光，碧綠的螢光，照亮了他的臉龐，只見他的臉龐雖然刀削一樣，但眉目清朗，一臉正氣，無論怎樣看，也不像一個邪惡之徒。

在他的口中，叼著一支拇指般粗細的金屬小管子，也就因為叼著這支金屬管子，他雖然在笑，那笑容也變得很奇怪。

他正落在水晶身前三丈，含笑望著水晶。

水晶沒有動，整個人就像真的是水晶雕琢出來，沒有生命的水晶玩偶一樣。

她的眼瞳也彷佛已經凝結，沒有人能夠從她的面龐，從她的眼瞳看得出她內心的感覺。

一蓬碧綠的光澤幽然從她的面部散發出來，不知何時，在她面部的皮膚之內又已飛舞著兩隻螢火蟲。

碧綠色的螢火鬼火般閃動，使她的俏臉看起來是那麼妖異，是那麼的美麗。

那種美麗妖異絕不是任何詞句所能夠形容，也絕非人間所有。

她現在更不像一個人，但雖然一絲人氣都已沒有，仍有生氣。

因為兩隻活生生的螢火蟲正飛舞在她面龐內。

碧綠的螢火不住在閃動，使她的面部看起來好像在不停移動，隨時都會淌下來一樣。

葛衣人看在眼內，不由自主的打了一個寒噤。

他仍然在笑，那笑容卻已顯得有些生硬，倏的張開一口，將叼著那支金屬管子噴了出來。

「叮」一聲，那支金屬管子落在地上，水晶卻一些反應也都沒有。

葛衣人盯著她，忽然道：「你可知這支金屬管子是什麼東西？」

水晶沒有回答，沒有反應。

三　名俠

葛衣人接道：「憑你的武功，絕不會這麼快就話也說不出來。現在不說話，你永遠不會有機會說了，所以你現在不說，實在是一件很愚蠢的事情。」

水晶終於開口道：「若是我沒有走眼，這該是四川唐門的七步絕命針。」

她雖然說話，面部並沒有任何變化，就好像說話的是另有其人。

本來她說話的語聲很柔和，很悅耳，現在卻變得很嘶啞。嘶啞而刺耳。

「不錯，」葛衣人應道：「這種七步絕命針乃是唐門秘製十三種毒藥暗器之一，它厲害的地方並不在針上所淬的毒藥，乃是在射出之時，只發出極輕微的聲響，到察覺之際，只怕已經被射入體內！」

水晶道：「我已經知道。」

葛衣人又道：「江湖上在這種七步絕命針出現以來，至少已經有一百人死在其下，知道有這種暗器的人雖多，但見過這種暗器的人，除了唐門的子弟，可以說絕無僅有，因為這種暗器的體積實在太小。」

水晶冷笑，卻不能不承認這是事實。

葛衣人接道：「唐門外流的暗器無疑很多，我說的那十三種則是例外，因為它們特殊的構造，並不是一般人所能夠模仿，何況有資格使用那十三種暗器的都是唐門高手，要將之從他們手上奪過來，並不是一件易事。」

水晶道：「你又是哪裡尋來的？」

葛衣人道：「在一個唐門高手的身上。」

水晶冷笑道：「想不到你有這個膽子。」

葛衣人笑笑道：「我看見他的時候，他已經離死不遠，至於他是被仇家擊傷抑或怎樣，不管他，也與我無關！」

水晶道：「死人的便宜不妨撿的。」

葛衣人道：「在他的身上一共有兩筒七步絕命針，為了徹底了解它的功效，我已經用去一筒。」

水晶道：「拿人來試驗？」

葛衣人點頭道：「而且還算是一個高手，功效在我的理想之外。」

水晶道：「那麼你盡可以拿來暗殺石破山，又何必化那麼多銀兩找我？」

葛衣人道：「石破山乃是高手中的高手，而且還身兼十三太保金鐘罩鐵布衫之類的橫練功夫，肌膚的堅韌迥異常人，那些七步絕命針能否射進他體內，實在是一個疑問。」

水晶道：「你倒是怕死得很。」

葛衣人道：「螻蟻尚且貪生。」

水晶道：「你卻膽敢拿七步絕命針來暗算我？」

葛衣人道：「因為我知道女孩子是絕不會練鐵布衫那之類的功夫，而且在你擊殺石破山之後，整個人的精神以至體力都會不由自主放鬆！」

水晶道：「正是你暗算我最好的時機！」

葛衣人道：「一擊不中，我仍然有機會逃生。」

水晶道：「這兒的地下莫非挖有一條地道？」

葛衣人點頭道：「姑娘到底是一個聰明人。」

目光一落，接道：「這條地道一共有三十丈長，前後一共挖了我三年的時間。這三年之內，石破山在家的時候也未免多了一些，他在家的時候，我不能不停下來，斷斷續續，一挖就是三年。」

水晶道：「這是名俠的行徑？」

葛衣人道：「不是！以暗器暗算更不是！丘某人雖然俠名滿江湖，但絕非一個俠客。」

水晶道：「相信這是你的由衷之言。」

葛衣人不是別人，正就是享譽大江南北，俠名滿江湖的名俠「千里追風」丘獨行。

從他的種種行徑看來，他的確沒有資格稱為名俠，石破山對他的批評無疑也非常中肯。

可惜像石破山那樣的人實在不多。

表面功夫，丘獨行也實在做得很足夠，從表面看來，他的確可以稱得上是一個俠客。

是以石破山將他唯一那條腳刺斷，江湖上的朋友大多數都為他深感不平，在他們的眼中石破山一直是一個善惡不分，一切看自己高興的惡人。

每當聽到這種話，丘獨行就覺得好笑。

幾個要出面替他大興問罪之師，向石破山討一個公道的朋友都被他一一婉拒，石破山口沒遮攔，說話間，不難將他那些見不得光的事情揭露出來，何況好像他那樣的一個名俠，又豈能假手別人替自己報仇雪恨？

他只有自己設法解決石破山。

這並非報仇雪恨那麼簡單，還為了滅口。

現在他總算成功了，用的卻絕非俠客的手段。

他自己也承認，笑應道：「在將死的人面前，我從來不說假話。」

水晶道：「你一直在跟蹤我？」

丘獨行點頭道：「所以你擊殺蘇伯玉、魏長春我全都看在眼內，也能夠及時通知石破山小心防範。」

水晶道：「好使我們拚一個兩敗俱傷。」

丘獨行嘸了一口氣，道：「可惜他雖然早已有防備，結果還是死在你劍下，還是要我親自出手來殺你滅口。」

水晶道：「殺了我之後，你仍然是一個名俠，而且有石破山與我的屍體做證明，你的聲名當然就更盛了。」

丘獨行笑道：「石破山的屍體我一定會帶在身旁，姑娘的，恕我還沒有這個膽量！」

水晶道：「因為你對我的來歷仍然不清楚。」

丘獨行道：「不過以我幾天來跟蹤你所得到的資料，唯一與你接觸的只有一個人——百花樓的名妓丁香！」

他說著騰出右手，在腰間解下一個包袱，抖開，拋在水晶腳前。

包袱內是一個木盒子，落地盒被撞開，一蓬石灰激飛，一個女人的頭顱從中滾出來。

水晶不覺脫口一聲：「丁香！」

丘獨行道：「我擔保她自己也不知道死在什麼人手中。」

水晶冷冷道：「對付丁香，這你應該做到而有餘！」

丘獨行道：「在丁香死後，她居住的那一幢小樓亦離奇失火，化成灰盡。」

水晶道：「當然又是你放的火。」

丘獨行道：「當然我是在仔細搜索之下，才決定那樣做，那麼我買你刺殺石破山縱使有證據留下來，也得灰飛煙滅了。」

水晶冷笑道：「好一個名俠。」

丘獨行嘿嘿一笑，接道：「還有我跟蹤下來，到現在已經可以肯定，你只是一個人，並非什麼水晶精靈。」

水晶道：「所以你才敢下手。」

丘獨行道：「不錯！」

水晶道：「我只是奇怪，你對於那種七步絕命針既然是如此有信心，何不在找我之前一試能否將石破山射殺，也省卻這些麻煩。」

丘獨行道：「都因為我怕死。」

水晶道：「一擊不中，你不是仍然可以由那條地道逃出去？」

丘獨行道：「問題在石破山對這附近的地形實在太熟悉，何況憑他的功力也實在不難將那條地道震塌！」

水晶慨然道：「你實在是一個很小心的人。」

丘獨行道：「一個人若是不怕死，又焉會這樣小心？」

他忽然又嘆了一口氣，道：「智者千慮，必有一失，這些雖然是老話，其實很有道理的。」

這番話無疑有些突然，但水晶仍然聽得明白，道：「你是說我雖則是一個聰明人，還是上了你的當，跟你談上這許多話。」

丘獨行道：「你應該趁這個機會運功試能否將那些毒針迫出來！」

他淡淡一笑又道：「七步絕命針顧名思義，可知其毒性的厲害，你雖然一步也沒有動，但毒性並不會就此停止侵入你的血管內。」

一頓又說道：「你能夠支持到現在，足見你內力高強，若是不跟我說話，憑你這種精湛的內力，實在不難將大半的毒針迫出來。」

水晶冷笑道：「你焉知我跟你說話的時候，並沒有運功迫毒？」

丘獨行笑道：「一個人顧得說話，就不及運功迫毒了。」

水晶道：「可惜我是一個水晶人！」

她說罷吁了一口氣，飛舞在她面部那兩隻螢火蟲立時從她的嘴巴飛出來。

她發光的面龐旋即暗下去。

然後她舉起了腳步，向丘獨行走去。

她的步伐看來是那麼穩定！

三步！四步！

到水晶第四步跨出，丘獨行的面上已全無笑容，不由自主倒退兩步，訥訥道：「怎麼你還不……」

水晶一面跨出第五步，一面道：「到現在你應該相信我說的話了。」

丘獨行再退一步，道：「你難道真的是水晶雕刻出來的？」

水晶道：「事實如此！」第六步跨出。

丘獨行陡地怪叫一聲，雙拐一頓，整個身子疾往上拔了起來。

水晶纖巧的身子差不多同時射前去，人劍凌空飛刺丘獨行。

那剎那之間，丘獨行已凌空接連翻了三個觔斗，身形斜刺裡落下，與方才置身之處相距已經有六七丈之遠！

這個人雖然雙腳盡斷，但身形仍然如此迅速。

千里追風不愧是千里追風！

水晶卻竟然差不多同時落下，「哧」一聲，一劍飛刺丘獨行的後腦。

丘獨行耳聽破空聲響，這一驚委實非同小可，來不及轉身，右拐急從脅下穿出，迎向來劍。

錚一聲，劍正刺拐上，距離丘獨行的後腦只不過三寸。

這一拐擋得實在險！

水晶凌空一擰腰，身形落下，這片刻之間，「哧哧哧」又已連刺七劍。

丘獨行左手拐杖這時候已嵌入地面半尺之深，也就以這支拐杖為軸心，身形滴滴溜溜一旋，擋三劍，避四劍！

劍劍都是那麼凶險，這七劍擋避下來，他雙手都已經捏了一把冷汗，他身形一停，右拐往地面一點，左拐同時拔出來，連人帶拐又射入了半空。

「霍霍」兩聲，他半空中連翻了兩個觔斗，又再向外飛掠出去。

他非獨無心戀戰，簡直就是在逃命了。

水晶這一次沒有縱身追擊，右手猛一揮，劍突然脫手飛出，射向丘獨行！

這一劍的速度可以說已到了人力的極限，劍脫手那剎那還可以分辨得出那一支劍，那剎那之後，就只見一道閃亮，奪目的白光。

那道白光閃電般「颼」的劃破長空，疾打在丘獨行的腰脊上。

◇

丘獨行人在半空，但耳聽八面，眼觀四方，破空聲入耳，眼角已瞥見一道白光飛來，他知道厲害，怪叫一聲，半空中身形急變，兩支拐杖同時交錯往後急擋。

他的反應不能不算快的了，可是比水晶那脫手一劍仍慢了半分。

半分已足以致命！

他一雙拐杖才後擋，就感覺腰脊猛一陣刺痛，整個身子同時向前猛一栽。

這也就是他這一生最後的感覺。

水晶那支劍從他的腰脊插入，直沒入柄，胸腹穿出，劍上蘊藏的內力同時震碎了他的肺腑。

鮮血隨著劍尖的穿出激射而出，他的七竅亦鮮血迸流，一聲悶哼中，身形筆直的墜下，蓬然撞在地面上，一雙鐵拐「叮噹」的脫手散落一旁。

他在地面上打了一個滾，以肘支地，勉強爬起半身，望著水晶，欲言又止，但一個字也都未出口，又倒了下去，動也都不再動。

水晶冷冷的盯著他倒下，冷冷的道：「你無疑很小心，但仍然不夠，否則在暗器發出之後，便該從地道立即離開。」

丘獨行並沒有回答她，死人當然不能夠說話。

水晶接道：「一個人總難免有疏忽的時候。」

這句話出口，她倏的嘆了一口氣，舉步走向丘獨行。

她繞著丘獨行的屍體走了一圈，才探手將她那支劍拔出來，動作是那麼的緩慢，是那麼的漫不經心。

劍鋒上仍然有血，她例外的並沒有彈劍將餘血抖散，也沒有將劍收回，就倒提著那支劍緩步向山下走去。

在她的周圍仍然飄浮著白霧千絲萬縷，飛舞著無數的螢火蟲。

那些白霧彷彿就是從她體內散發出來，隨著她腳步的移動，徐徐飄向山下。

群螢無疑就是她最忠實的隨從，緊緊追隨在她身後。

白霧漸淡，螢火漸暗，人也逐漸朦朧，終於消失在山下雜木林中。

亦從此在江湖上消失，以後的三年，一直沒有再出現。

四　一劍九飛環

蘇伯玉並不是水晶殺的第一個人，在殺蘇伯玉的時候，水晶人這三個字已經在江湖上傳開來，已經很有名。

很多人都在找她，其中有死者的親戚朋友，有要僱她替自己殺人的人。

然而沒有一個能夠找到水晶，這個水晶人彷彿已經不存在人間。

她到底是一個人抑或是水晶的精靈？始終是一個謎，沒有人清楚知道，也因此成為江湖上爭論的一個話題。

三年卻到底並不是一個短日子，這個水晶人已逐漸被遺忘。

一直到三年後的秋天——

殘秋。

落葉蕭蕭，古道上一片蒼涼，時已接近黃昏。

龍飛錦衣白馬，正走在這條古道上。

他神采飛揚，看來並沒有被眼前的蒼涼氣氛感染，也許因為他仍然年輕。

年輕人對於殘秋日暮的感覺本就該沒有中年人老年人那麼敏銳。

更何況，他在江湖上正如日中天。

江南武林中，「雙劍、三槍、九飛環」，已是人盡皆知。

蕭立三槍追命，丁鶴一劍勾魂，據說都未逢敵手，然而俱已是二十年前成名的英雄，近十年更已於退隱的狀態。

有道是一山不能藏三虎，不過這兩人卻是結拜兄弟，至於這兩人私底下有沒有互相切磋，武功誰高誰低，只怕就只有他們兩人知道了。

江南武林的後生一輩，對於這兩人已逐漸淡忘，所以兩人的死亡，也沒有引起多大注意。

這說來，又已是半年前的事情。

蕭立三槍，丁鶴只一劍，雙劍、三槍、九飛環中還有的一劍九飛環，都是屬於一個人。

——龍飛！

龍飛出道不過三年多，聲名已凌駕丁鶴、蕭立二人之上，他卻絕不是為了聲名才去行俠仗義。

這一點，認識他的人都不難明白，也很高興能夠認識他這個朋友。

黑道中人卻例外，對於龍飛，有些人簡直就恨之徹骨，赤松林的強盜頭子「一陣風」更曾經散發綠林帖，要與周圍千里的十個大寨聯手對付龍飛，只因為龍飛廢了他唯一的那寶貝兒子的一身武功。

他這個建議並沒有被接納。

盜亦有道，他那個兒子卻是有他自己的一套，完全不管那許多，一切只看自己的喜惡。

他有些作為非獨龍飛瞧不過眼，就是那些綠林朋友也為之側目。

所以他們的袖手旁觀實不難理解。

龍飛聽到這個消息，無動於衷，他並非瞧不起那些綠林朋友，只是他自問並沒有做錯，無愧於心。

他廢去「一陣風」那個寶貝兒子的武功之時，也沒有顧慮到將會有什麼後果。

有所不為，有所必為！

◇◇

駿馬嘶風，鐵蹄過處，踢起了無數的落葉。

落葉「沙沙」的激飛，蹄聲「得得」的作響，驚碎了古道的寂靜。

這條古道，龍飛也不知經過了多少趟，一直都不覺得有什麼特別，這一趟卻一進入，就覺得與以往不一樣。

實在太靜了。

這條古道乃必經之路，平日很多人往來，現在卻冷清清的，就只有龍飛一騎。

龍飛卻並不在乎，策馬繼續向前，速度始終沒有變。

轉過一個彎，他總算看到一個人，還有一匹馬。

那個人靜靜的坐在道旁一株大樹下，書生裝束，年紀約二十七、八，面如冠玉，英俊瀟灑。

他面帶笑容，這笑容卻不知怎的，顯得很特別。

那匹馬就立在他身旁，也是靜靜的，半晌才踢一下腳。

這一人一馬看來就像是在歇息，但給龍飛的卻不是這種感覺，他只是感覺得很奇怪。

奇怪這個人到底在那裡幹什麼，馬也是。

這一人一馬給他的竟然就是不知在幹什麼的感覺，人也許就因為那種特別的笑容，但馬呢？他不由放緩坐騎。

書生也許因為聽到蹄聲，早已轉面向龍飛這邊來，看見龍飛，目光陡然一亮。

龍飛這時候亦已看清楚那個書生。

——好像在哪裡見過。

——在哪裡？這個人是誰？

他正在沉思，那個書生已站起身來，招呼道：「龍飛兄！」

龍飛一怔，催騎奔至書生身旁，其間他已經搜遍枯腸，始終想不起來。

——怎麼近來記性這麼壞。

他暗嘆了一口氣，勒住了坐騎，道：「閣下是……」

書生道：「公孫白！」

龍飛一言驚醒，道：「原來河北小孟嘗，失敬失敬。」

公孫白抱拳道：「龍兄言重，黃鶴樓一別，不覺也有一年了。」

龍飛道：「也有了。」

公孫白笑道：「當日我們一夥二、三十個朋友聯袂齊登黃鶴樓遊玩，得會龍兄，聞名已久，俱都早有結識之意，哪肯放過機會，當時都紛紛將姓名報上，二三十個姓名，龍兄一時間如何記得那許多。」

龍飛苦笑道：「當時我約了一個朋友在那兒見面，趕去做一件事情，諸位才到不久，那個朋友也到了，心中有所牽掛，來去又匆匆，何況我的記性不大好，所以不能夠穩記下來，休怪休怪。」

公孫白道：「哪裡的話，若換是我，到現在，只怕一些印象也都沒有了。」

龍飛道：「大家都好吧。」

公孫白道：「都好，只有一個例外。」說著苦笑一下。

龍飛看在眼內，道：「莫不是公孫兄？」

公孫白無言點頭。

龍飛追問道：「出了什麼事？」

公孫白搔頭，道：「其實也沒有什麼，我應付得來。」

龍飛道：「公孫兄這樣說可是不將我當朋友。」

公孫白盯著龍飛，忽然大笑道：「有龍兄這句話，公孫白死已無憾！」

龍飛皺眉道：「什麼事？」

公孫白卻反問道：「龍兄將要去哪兒？」

龍飛道：「前面清水鎮，卻是找一間客棧歇宿而已，並沒有其他事情。」

公孫白仰眼望了一下天色，道：「時已不早，這裡距離清水鎮仍有一段路程，龍兄現在應該動身。」

龍飛道：「那麼公孫兄……」

公孫白道：「我必須留在這裡等。」

龍飛道：「等什麼？」

「死！」公孫白仰眼望天。

龍飛又一怔，道：「公孫兄莫不是約了什麼人到來這裡決鬥？」

公孫白道：「不是。」

龍飛正要追問下去，立在公孫白旁邊那匹馬突然一聲悲嘶。

公孫白應聲目光一轉，道：「我這匹坐騎也是神駿非常，相信絕不在龍兄那匹坐騎之下。」

「看得出，」龍飛半瞇起眼睛，道：「牠看來有些不安。」

公孫白道：「牠也在等，等死！」

話口未完，那匹馬已倒下，一股黑血從口角流出來。

龍飛目光及處，動容道：「中毒？」

公孫白道：「毒藥暗器！」

龍飛道：「什麼時候的事情。」

公孫白道：「半個時辰之前，卻是到現在才發作。」

龍飛道：「是什麼毒藥？」

公孫白道：「閻羅針。」

龍飛道：「毒閻羅？」

公孫白道：「他的左右雙判施放的，他本人卻也快要到了。」

龍飛道：「你坐在這裡，就是等候毒閻羅到來要你性命？」

公孫白道：「不等不成。」

龍飛目光一轉，道：「這裡……」

公孫白道：「已經佈下天羅地網，我不走倒還罷了，一動身，只怕立即要變成蜂巢！」

龍飛道：「為什麼他的人不動手？」

公孫白道：「等他到來，在他來到之前，只要我不走，他們是絕不會動手的。」

龍飛頷首道：「原來如此。」

公孫白道：「不過，毒閻羅即使已至，要殺我，也不會在這個時候動手。」

龍飛道：「我知道這個人有一種怪癖，不喜歡在太陽未下山的時候殺人。」

公孫白道：「他的手下卻沒有。」一頓接道：「龍兄現在既然已清楚，應該離開了。」

龍飛道：「這是什麼話，除非我不知道，既然已知道，又怎能撇下不管？」

公孫白道：「龍兄。」

龍飛道：「公孫兄不必多言，莫說他要殺的是我認識的朋友，即使是我不認識的人，我也不會袖手旁觀的。」

他笑笑又道：「毒閻羅這個人，我早就想會會了。」

公孫白嘆了一口氣，道：「在這個時候遇上了龍兄，也不知是我走運還是龍兄倒霉，不過……」

龍飛大笑道：「河北小孟嘗風聞快人快語，怎地會如此婆媽？」

公孫白一愕，苦笑道：「龍兄這樣說話我還有什麼話說？」

龍飛「刷」地翻身下馬，躍落公孫白身旁，笑道：「敢與毒閻羅作對的人實在不多，河北小孟嘗卻也不愧是河北小孟嘗！」

公孫白苦笑，道：「龍兄這樣說，倒叫我無地自容，這一次可不是我找毒閻羅麻煩，是毒閻羅找我的麻煩！」

龍飛道：「哦？」

公孫白盯著龍飛，搖頭道：「龍兄連毒閻羅什麼事找我都未知，卻便要助我一臂之力，俠客畢竟是俠客。」

龍飛道：「毒閻羅為人如何人皆盡知，公孫兄就算是做過什麼對不起他的事，相信也是只好不壞。」

公孫白苦笑道：「我倒沒有做過什麼對不起他的事情，只是知道一個他一直想知道的秘密。」

龍飛道：「哦？」

公孫白接道：「這個秘密，想要知道的人也並非他一個，在此之前，已經有兩個人問過我。」

龍飛道：「你怎樣？」

公孫白道：「我沒有說，他們不敢對我怎樣，因為他們的武功遠不如我。」

龍飛道：「那若是他們很想知道的秘密，他們只怕會找人幫忙。」

公孫白道：「已經找了，他們找來的都是高手，而且不只是一個，我既不能說，就只有逃避。」

龍飛奇怪的盯著公孫白。

公孫白嘆了一口氣，道：「我已經逃避了七日夜，可惜無論我去到哪裡，總是很快就被他們找到。」

龍飛只是盯著公孫白。

公孫白嘆息接道：「他們即使找到我，我堅決不說，相信他們也不會拿我怎樣，一來他們是俠義中人，二來對於公孫世家他們都不無顧慮。」

龍飛道：「毒閻羅不同。」

公孫白點頭，道：「而且我可以肯定，在問出秘密之後，必定會下手殺我！」

龍飛道：「這個人心狠手辣，以我所知，從來沒有一個開罪他的人能夠保存生命！」

公孫白道：「所以我已決定必要時以死守口！」

龍飛沒有作聲。

公孫白苦笑一下，道：「其實現在我就已經可以死了，我坐在這裡，就是在考慮生死這個問題。」

龍飛道：「一個人要活著固然不容易，要死也要下很大的決心。」

公孫白道：「反正是毒閻羅到來，事情簡單得多，因為在他的面前，根本就沒有選擇的餘地。」

龍飛道：「嗯。」

公孫白道：「若是我現在已經七老八十，行將就木，也根本無須多作任何的考慮。」

龍飛道：「你現在卻是如此年輕。」

公孫白道：「龍兄勢必瞧不起我這種貪生畏死之徒。」

龍飛搖頭道：「易身而處，我也是不甘心就此喪命的。」

他目光一轉，道：「但坐在這裡等死，也不是辦法！」

公孫白道：「若是我不怕死，早就拚命闖！」

龍飛皺眉道：「這裡的埋伏，真是那麼厲害？」

公孫白緩緩站起身子，戟指道：「龍兄可有留心那邊的地上？」

龍飛循所指望去，那邊地上的枯葉堆中，赫然倒斃著幾隻鳥兒。

公孫白道：「那些鳥兒是他們放出來的，但隨即被他們以毒針射死，這是警告。」

龍飛皺眉道：「若是強弓大弩倒還罷了，如此細微的暗器，可真不容易應付。」

公孫白道：「據說周圍一共有七七四百九十支這樣的毒針筒在伺候著我，全部以機簧發射。」

龍飛笑道：「若是如此，非獨你不敢動，天下高手中相信也無一人敢妄動。」

公孫白道：「龍兄現在仍然來得及離開，因為他們只是受命將我一人留下，這之前，也有不少人經過，他們都沒有加以留難，只是呼喝他們趕快離開這附近。」

龍飛道：「倒沒有對我呼喝。」

公孫白道：「龍兄若是沒有被我留下，再前行數丈就會聽到了。」

龍飛道：「但現在即使我前行，相信也不會聽到呼喝，只會有毒針射來。」

公孫白道：「怎會？」

龍飛道：「很簡單，我跟你談了這麼多話，不是朋友又是什麼，他們難道不怕我與你前後夾攻？」

公孫白皺眉道：「我本不該與你……」

龍飛大笑道：「河北小孟嘗難道真婆媽如此？」

公孫白苦笑。

龍飛伸手一拍公孫白的肩膀，道：「他們到底躲藏在什麼地方？」

公孫白道：「樹上樹後。」

話口未完，前後約莫二十丈開外的樹上人影一閃，兩條人影飛鳥般躍下來。

那兩人身材俱差不多，虬髯如戟，也看不出有多大年紀，一穿黑衣，一穿白衣。

除了服色不同，兩人驟看來都好像沒有多大分別，就連相貌也簡直一樣。

一入眼，龍飛就有一種熟悉的感覺，脫口道：「這兩人好像在哪裡看見過。」

公孫白忽道：「是不是一些廟宇中的閻王殿？」

龍飛一怔，點頭道：「閻王殿中塑的判官與他們的確是有些相似。」

公孫白道：「他們正是毒閻羅左右黑白雙判。」

龍飛道：「人如其名，果真是判官那般模樣，看來毒閻羅對於手下倒也經過一番嚴格的選擇，只不知他本人又如何？」

公孫白道：「這個倒不清楚，我還沒有見過這個人。」

龍飛道：「我也是。」

目光一轉又道：「他們既然現身，我們無妨上前跟他們談一談。」

公孫白忽道：「龍兄還沒有問清楚我一件事。」

龍飛道：「你知道什麼秘密？」

公孫白道：「龍兄難道不想知道？」

龍飛道：「與我可有什麼關係？」

公孫白道：「也許。」

龍飛道：「聽你這樣說，你知道的那個秘密與很多人似乎都可能發生關係。」

公孫白無言頷首。

龍飛不覺追問道：「到底是……」話說到一半又停下，他知道，若是他開口，萬一那個秘密又真的與他有關，難保不追問下去，到時候，公孫白必定大感為難，也不知如何回答。

公孫白看得出龍飛的心意，道：「不過那也許與龍兄一些關係也沒有。」

龍飛苦笑一下，欲言又止。

公孫白道：「龍兄……」

他一頓，一咬牙才道：「龍兄可曾聽過水晶人？」

龍飛聽說一怔，道：「水晶人？」

公孫白道：「是水晶人，一個殺手。」

龍飛想想道：「我聽過有這個人，據說蘇伯玉、魏長春等好幾個高手，都是死在這個人的劍下。」

公孫白道：「那是三年前的事情，死在她劍下的一共有十九個武林高手！」

龍飛道：「十九個？」

公孫白道：「只是十九個，然而每一個都是真正的高手。」

龍飛詫異的問道：「你怎麼知道得這樣清楚？」

公孫白沉聲道：「因為我認識她！」

「水晶人？」

「是她告訴我。」

「這個水晶人可是一個人？」

「是一個人。」公孫白接著搖頭道：「但又好像不是。」

龍飛道：「哦？」

公孫白苦笑道：「因為我也分辨不出，她到底是一個人，還是水晶的精靈。」

他的目光逐漸朦朧起來，接道：「有時我看她分明是一個人，但仔細再看，又發覺她好像是用水晶雕刻出來，並非真的是一個人。」

龍飛嘟喃一聲：「奇怪。」

公孫白又道：「而死在她劍下的人，據悉都以為她不是一個人，只是水晶的精靈化身。」

他苦笑一下又道：「所以她到底是什麼，我實在不敢肯定。」

龍飛伸手摸著自己的面頰，道：「那麼是男的還是女的……」

「這一點我倒可以肯定，毫無疑問，是一個女的！」公孫白的目光更朦朧，好像蒙上了一層薄霧，道：「一個很美麗，很可愛的女孩子。」

「女孩子？」

「她絕對不會超過二十歲。」

「她若是一個人，武功倒真不簡單。」龍飛不覺接問道：「你是在哪兒看見她的？」

公孫白沒有回答，只是嘆了一口氣。

龍飛好像這時候才發覺自己問了那樣的一句話，笑笑道：「不說不要緊，我這個人好奇心雖然很大，卻不喜歡強迫朋友將私隱說出來。」

公孫白無言。

龍飛忽然又省起了一件事，道：「聽說毒閻羅只有一個兒子，二年前被人刺殺，刺殺他的莫非就是水晶人？」

公孫白道：「所以毒閻羅要找我。」

龍飛道：「查問水晶人的秘密？」

公孫白道：「查問她的所在！」

龍飛道：「怎麼這麼多的人知道你這件事？」

公孫白嘆息道：「酒醉誤事，我是醉酒中不覺說了出來，當時好些朋友在旁邊，我雖然叫他們千萬要保守秘密……」

龍飛道：「這麼多人知道的事情，又怎能夠再保持秘密？」

公孫白苦笑道：「所以我回家沒多久，就有人找到來，我實在不願意帶給家人任何麻煩。」

龍飛道：「你只有離開逃避。」

公孫白道：「不錯，這七日七夜之間，我也沒有去投靠任何朋友。」

龍飛道：「你也不願意帶給朋友任何麻煩？」

他笑說著又是一拍公孫白的肩膀，道：「不過你也該知道，真正的朋友，根本就不會計較你給他們添麻煩。」

公孫白一呆，終於放聲大笑道：「他們若是有龍兄你那麼好的身手，我一定去給他們添添麻煩，可惜他們並沒有。」

笑語聲中，那兩個判官也似的大漢已然前後舉步緩緩的走過來。

龍飛看在眼內，道：「他們終於耐不住了。」

公孫白道：「只怕另有用意。」

龍飛忽然壓低了聲音，道：「這也是我們突圍的好機會。」

公孫白明白龍飛的話，道：「不錯，投鼠忌器。」

龍飛道：「見機行事，必須要盡量小心！」

公孫白道：「彼此！」

這句話出口，那兩個大漢已然先後停下腳步，在龍飛前面那個旋即振吭呼道：「白馬錦衣的可是一劍九飛環龍飛兄？」

龍飛應聲道：「正是，閣下又是哪一位？」

「毒閻羅屬下黑判官！」

另一個接道：「白判官！」

龍飛道：「黑白雙判，龍某人久已聞名！」

黑判官道：「龍兄名滿江湖，我們早已如雷貫耳，今回總算得見，果然名不虛傳！」

龍飛道：「有話無妨直說，像那些客套話，竊以為不說也罷！」

「好！快人快話，我們也就直說了。」

「洗耳恭聽。」

「我們教主想向那位公孫朋友打聽一些事情，尊駕有事，請先離開。」

龍飛道：「我可沒有事，老朋友道左相逢，正準備好好的聚一聚，前面路出口小鎮有一間小酒家，貴教教主到來的時候，請他勞駕走一趟，我們在那兒等他！」

黑判官道：「龍兄何不先走一步，我們教主現在已趕來此，跟公孫朋友談過之後，自當送他到那間酒家去與龍兄相聚。」

龍飛道：「此處既無椅，又無桌，並不是談話的好地方。」

白判官那邊冷笑一聲，道：「公孫白好像並沒有你這樣的朋友。」

龍飛道：「閣下又何以得知？」

白判官道：「對於這個人的事情，我們調查得很清楚。」

龍飛道：「最低有一件事情還未清楚。」

白判官道：「是哪一件？」

龍飛道：「就是我與他並非今天認識，今天才成為朋友。」

白判官道：「縱然如此，相信也非深交，不然，怎麼未聽過你們時常有往來？」

龍飛道：「君子之交淡如水。」

白判官冷笑道：「好一個君子之交淡如水。」

黑判官接道：「閒話少說，龍朋友老實給我們說一句。」

龍飛道：「說什麼？」

黑判官道：「準備怎樣？」

龍飛道：「已經說過了。」

黑判官道：「龍朋友若是真的要與姓公孫的一起走，那是存心跟我們過不去。」

龍飛道：「那便又如何？」

黑判官道：「那些鳥屍，龍朋友相信已見到了。」

龍飛道：「公孫兄也跟我說過，你們在周圍埋伏了七七四百九十支毒針筒，即是，一發動，每管便是只一支最少有四百九十支閻羅針同時向我們射來！」

黑判官道：「事實如此！」

龍飛道：「果真如此，你們又何必迫我單獨離開，乾脆將我射殺就是了！」

黑判官冷笑道：「我們這是敬你一條好漢，再說，也不是你一人例外，任何人經過這裡，沒相干的我們都催促他快離開。」

龍飛道：「這是你們怕暴露實力，如果我推測沒有錯誤，射殺公孫兄那匹馬的閻羅針只怕也是數量有限。」

黑判官冷笑。

龍飛接又道：「以我所知，毒閻羅的閻羅針雖不致於珍如拱璧，也不輕易送與人，你們雙判是他的心腹左右，得到他的閻羅針不足為奇，但是其他人，若是也人手一支，可就奇怪了。」

黑判官面色一沉，那邊白判官即時一聲冷笑，道：「你說得如此肯定，不妨試與姓公孫的闖過去！」

龍飛立刻道：「正要試一試！」

語聲猛一沉，道：「闖！」按在公孫白右肩上的左手霍地一抓一揮，將公孫白拋上自己的坐騎，身形同時如箭般向前射出，射向黑判官！

公孫白也不是呆子，立即策馬奔前！

馬快如飛，他雙手一翻，左右手已然從雙袖之中撤出一對短劍！

那對短劍長尺許，闊僅兩指，晶光閃耀，一看便知並非凡品！

公孫世家秘傳袖劍絕技，據說也曾打遍兩河，然而卻已是多年舊事。

公孫白這個公孫世家的子弟又如何？

◇

龍飛身形箭射，竟然比奔馬還要快！

一個起落離黑判官已不到七尺，身形一落即起！

黑判官看在眼內，左手一翻，已然多了一支尺許長的鐵管子，對準了龍飛！

「卡」一聲機簧響動，七點寒芒疾射向龍飛！

是七支藍汪汪的毒針——閻王針！

龍飛人在半空，黑判官所有的動作他卻都全看入眼，他的右手已握在劍柄之上！

「錚」一聲，劍出鞘，匹練也似的劍光一閃，七點寒芒全都被震飛！

黑判官心頭一凜，手一翻，那支鐵管一轉，前端變做後端，後端轉為前端！

龍飛的左手即時一抬，「嗚」一聲，一枚巴掌大小的金環疾飛而出，閃電般疾打黑判官那支鐵管之上！

這正是黑判官那支鐵管方轉定的剎那！

「叮」一聲，金環激飛，那支鐵管亦被打得從黑判官右手飛了出去！

黑判官並不是沒有發覺，可是那枚金環來得實在太快，他一個念頭尚未轉過鐵管便已打得脫手飛去！

這一驚非同小可，黑判官驚呼出口，身形已沖天拔了起來！

一道劍光剎那從他的腳下飛過！

這一劍雖然沒有穿中，激厲的劍風已激起黑判官的衣袂，黑判官混身不禁悚然！

龍飛劍到人到，身形一轉，「哧哧」又是兩劍刺出！

兩劍都落空！

黑判官身形沖天一拔三丈，一滾身，斜落在旁邊一株大樹的樹幹上，身形方穩，一聲叱喝立即出口：「射！」

弓弦聲應聲四起，數十支弩箭分從兩旁樹上，樹下，樹叢中，草叢中射出。

箭如飛蝗，亂射龍飛！

公孫白一騎同時從龍飛身旁奔過！

龍飛一聲：「小心！」左手一翻，「霎」的將外罩和衫卸下，「呼」一聲，疾掃了出去。

他右手長劍亦劃出。

「劈劈拍拍」一陣異響中，數十支弩箭大半被龍飛的長衫掃飛，還有向他射到的幾支，也被他右手長劍擊下！

他身形一凝，又向前射去。

一掠兩丈，第二蓬亂箭便已飛蝗般追射到來！

龍飛長衫飛捲，身形閃躍騰挪，箭雨中繼續向前飛射！

這片刻之間，公孫白一騎已經奔出了數十丈，兩旁疏疏落落的也有幾支箭向他射到，但都被他雙手短劍一一封開！

他的騎術顯然也不比尋常，雙腳緊夾馬腹，上半身翻滾，左右短劍穿梭般飛舞，護住了自己，也護住了龍飛那匹馬。

再奔前十丈，已沒有弩箭射來，他雙劍一翻，坐正了身子，不知何故，混身突然一顫，一俯，緊伏在馬鞍上！

馬不停蹄，公孫白緊伏在馬鞍之上，也沒有催策坐騎，就讓那匹馬自行前奔。

那匹馬無疑是駿馬，也彷彿已通靈，好像知道危險，逗留不得，四蹄怒撒，迅速奔前。

龍飛一面從箭雨中突圍，一面也兼顧公孫白，看見公孫白那樣子，暗呼不妙，身形更加迅速！

黑判官樹上看得清楚，不由自主脫口一聲：「好一個龍飛！」

語聲未落，白判官已經從那裡飛掠到來，身形在樹下一頓，仰呼道：「如何？」

黑判官道：「追！」手一翻抄住了身旁一條樹籐，大喝一聲：「停止放箭！」身形已疾盪了出去！

那條樹籐也長得可以，黑判官手抓樹籐，一蕩兩丈，手一探，又已抓住了另外一條，再一蕩，已追貼龍飛！

只見他手一鬆，身形便怒鵰般撲下，半空中雙手一翻，已撤出倒插在腰帶上的一對判官筆，凌空疾向龍飛刺下！

龍飛耳聽風聲，身形一頓陡轉，一劍劃出，叮叮兩聲，已將那雙判官筆接下。

黑判官的身形一翻，左右判官筆「雙龍出海」，一齊扎向龍飛雙脅！

龍飛長劍一震，兩道劍光飛出，再接雙筆，半身猛一凝，即時「卡」一聲機簧響動，七點寒芒在龍飛身旁射過！

白判官也已到了！

他手中一支鐵管一射落空，「霍」一轉，機簧聲響處，又是七支閻王針射向龍飛！

寒芒閃處，龍飛倒踩七星步，閃身讓開，左手一翻，一枚金環飛出！

白判官閻王針一再落空，鐵管往腰旁一插，雙手一翻，亦迅速撤出兩支判官筆。

也就在那剎那，龍飛那枚金環已飛至，白判官目睹金光一閃，判官筆知道來不及封擋，一個身子已經在撤筆同時疾閃，但竟然慢了一分！

「哧」的裂帛聲響，金環正打在他左肩之上，鮮血激飛！

白判官悶哼一聲，左手判官筆「嗆啷」墜地！

龍飛金環出手，長劍亦自刺出，一刺十七劍，分刺黑判官十七處的穴道！

這十七劍竟然像同時刺出，簡直就像一柄劍突然變成了十七柄也似，出手之快，實在駭人！

黑判官也知道厲害，雙筆全力施展，連接十六劍，還有一劍！

那一劍從雙筆空隙中刺入，刺在黑判官右臂上！

寒芒一閃，血光崩現！

黑判官右肩上三寸長一道血口綻開，穴道竟然同時被封住，半邊身子一剎那完全痠麻！

龍飛這時候再加一劍，必殺黑判官無疑，可是他並沒有再出手，十七劍一刺過，身形便倒翻了出去！

西風落葉。

龍飛逆風掠前，身形一些也不受影響，其快如箭！

他雖然是以一劍九飛環成名江湖，輕功方面的造詣，絕不在九環一劍之下。

一掠三丈，再掠又是三丈。

那身形過處遍地的落葉不少激飛起來。

激飛的落葉再落下的時候，龍飛人已不知何處。

黑白雙判看著那些落葉激飛，落下，龍飛的身形迅速消失，齊皆怔住在那裡。

他們並沒有追下去。

因為他們都知道，憑他們的輕功，無論如何追不到了。

兩旁的樹木叢中箭射不停，但沒有一支追得上龍飛的身形。

到龍飛遠去，樹林叢中仍然還有箭射出，三三兩兩，疏疏落落。

黑判官看在眼內，忍不住厲聲叱道：「人都不在了，還放什麼箭，住手！」

給他這一喝，箭立時停下。

他方才被龍飛以劍封住右臂穴道這時候已衝開，也感到了痛楚，左手不由自主的按在傷口之上。

五　毒閻羅

這樣輕微的傷勢，對他當然沒有多大影響，可是感覺到了痛楚那剎那他仍然不禁由心底寒了出來。

方才他無疑已經在鬼門關之前轉了一趟，只差一點兒便要與真正的毒閻羅打交道。以龍飛出手之快，之準，方才無疑可以再加一劍將他刺殺劍下。

白判官也看見當時的情形，那剎那亦替黑判官捏一把冷汗。

現在看見黑判官手按傷口，他右手不覺亦按向自己左肩的傷口。

方才他處境的凶險絕不在黑判官之下，龍飛那一枚金環打的若不是他的左肩，是身上其他要害，只怕他一樣閃避不開。

他手按傷口，苦笑道：「這個姓龍的小子果真名不虛傳。」

黑判官道：「他來得卻實在不是時候。」

白判官道：「在公孫白來說卻正是時候。」

「莫非是相約好了？」

「看情形不像，龍飛只是碰巧在這兒經過而已。」

「當真巧得很。」

「那是公孫白走運，卻是我們倒霉了。」

「龍飛那個小子武功的高強，實在在我們意料之外。」

「不錯，以我看，若是單要獨鬥，也許只我們頭兒可堪與他一戰。」

「說到頭兒，也該到了。」

「縱然到了，在黑夜未降臨之前，他是絕不會出現的。」

「這是老習慣的了，卻不知道是什麼原因。」

「我也不知道。」

「他若是看見我們沒有將公孫白留下，必定雷霆震怒。」

「技不如人，可也怪不得我們，知道將公孫白帶走的是龍飛，相信他也明白絕不是我們所能夠阻止。」

「其實即使龍飛不來，公孫白若是拚死闖出去，我們也一樣留不住他的。」

「因為頭兒要的是一個活生生的公孫白，萬不得已才取他性命。」

「那廝到底是貪生畏死，總算被我們虛張聲勢唬住了，可恨龍飛偏就在這個時候到來，看破了我們的狡計。」

「這個人毫無疑問是一個聰明人。」

黑判官倏的冷冷一笑，道：「在我所知，聰明人都不長命。」

白判官亦自冷笑道：「聰明而又好管閒事那就更短命了。」

兩人相顧大笑。

就在這個時候，一個冷冷的聲音突然傳來，道：「你們現在居然還笑得出來，就連我也有些佩服。」

這個聲音飄飄忽忽，好像從天上降下，又似在地底湧出。

黑白雙判面色齊變，笑聲那剎那都一頓，黑判官連聲道：「大爺已經到了？」

那個聲音道：「方到。」

黑白雙判這個時候好像已分辨得出聲音的來處，一齊舉步，便待向那邊走去。

那個聲音即時喝止道：「都給我站住。」

黑白雙判舉起的腳步立時放下，對於這個人，他們顯然都畏懼得很。

他們稱呼那個人作大爺，那麼那個人應該就是毒閻羅了。

江湖上傳說，毒閻羅一身毒藥暗器，舉手投足甚至手不動，也能夠將對方毒殺。

事實證明，也的確如此。

有人說，他乃是四川唐門的叛徒，至於事實是不是，卻沒有人能夠證明。

倘若是，連唐門也動不了的人，厲害就可想得知。

江湖上還有一個傳說，就是這個人有一樣怪癖，從來不肯在光天化日之下出現，每一次出現都是黑夜降臨之後。

也所以有閻羅之稱。

現在看情形，這個傳說也並非傳說而已。

雖然他現在已經到來，但只是聽到聲音，並沒有現身。

他甚至不讓黑白雙判接近。

這在黑白雙判來說，卻是從未有過的事情。

他們跟隨毒閻羅這麼多年，這還是第一次被拒絕接近。

一種難言的恐懼，剎那間猛襲上他們兩人的心頭。

◇◇◇◇

夕陽已西下。

黃昏。

殘霞的光影從枝葉縫中透進來樹林之內，樹林之內卻已經變得很陰沉。

雖然殘秋時候，不少樹葉都已落下，但樹林之內多得是百年老樹，枝葉茂盛，儘管落下了不少，仍足以隔斷大部份天光。

在兩株大樹之中，幽靈般站著一個人，那個人身裁很高，但並非瘦削的高，站在那裡就如半截鐵塔一樣。

一個人有這種身裁，即使相貌是長得柔順一點，給人的，也應該是雄赳赳的感覺，但是這個人站在那裡，給人的，卻是陰森森的感覺。

在他的頭上罩著一個黑布袋，只露出一雙眼睛。

那雙眼睛也是陰森森的，眼瞳竟有如燐火一樣，散發出慘綠色的光芒。

他身上穿的，也是一襲黑色的衣裳，袖長及地，一雙手都藏在衣袖之內。

樹林中本來已經幽暗，那兩株大樹之間更加幽暗。

黑衣人彷彿已經與那份幽暗融合在一起。

可是無論什麼人，只要在他的面前經過，相信都不難立即發覺他的存在。

在他站立的地方周圍，也不知是否因為他的存在，已經變得陰森森的，走過都不難感覺那一股陰森。

也許他醜惡如鍾馗，恐怖如夜叉、羅剎，但亦不無可能英俊如潘安、宋玉，無論他長得如何，現在都已被那個黑布袋所掩蓋。

然而儘管隔著一個黑布袋，看不見他的真面目，看見他的人，若是膽子小一點，都不敢再多望他一眼。

或者就因為那一雙燐火一樣的眼瞳。

沒有人見過他的真面目，沒有人知道他的真姓名。

江湖上的人稱呼他作毒閻羅，他的手下稱呼他作大爺。

也沒有人能夠接近他周圍七尺。

他的屬下是不敢，他的仇人在接近他七尺之前，已經變成了死人。

到現在還沒有人例外。

至於他的出身更就是一個謎，到現在還沒有人能夠解開的謎。

係。

對於這一點，江湖上有很多的傳說，舉凡用毒的門派，用毒的高手，全都拉上了關係。

這些傳說他當然大都知道，卻既沒有承認，也沒有否認。

在江湖上這個毒閻羅就是這樣神秘的一個人。

他手下之多，江湖上也是罕有。

閻王令到處，他隨時可以召來一大群的手下。

無威不足以服眾，無錢不足以聚眾。

威之外還有恩，再加上金錢的分配得宜，他之有那麼多的人聽候差遣，絕非奇蹟。

他那麼多的手下，到現在為止，沒有一個膽敢反叛他。

反叛他的人，向來都只有一種收場——死亡。

他的行蹤是那麼飄，是那麼迅速，簡直與幽靈無異，在他出現之前，樹林中埋伏的他那些手下，沒有一個人知道他已經到來，可是到他一出現，卻幾乎無人不立即知道。

他們立即悄然退過一旁。

毒閻羅並沒有理會他們，燐火一樣的雙瞳幽然盯著林外的黑白雙判。

黑白雙判已跟了毒閻羅多年，是能夠比較接近他的少數人之中的兩個。

可是他現在卻拒絕他們接近。

在黑白雙判來說，這還是破題兒第一趟，不過在毒閻羅來說，此前已經有兩個人這樣子被拒絕。

結果那兩個人都死在毒閻羅的面前。

這兩件事黑白雙判當然都知道，也所以，難怪他們都心生恐懼。

黑判官忙道：「大爺，我們在這裡……」

毒閻羅截道：「你們在這裡故佈疑陣，一心將公孫白留下，等候我到來處置。」

黑判官道：「大爺是這樣子吩咐我們。」

毒閻羅道：「不錯，一直到一個時辰之前我才改變了初衷。」

黑判官脫口問道：「為什麼？」

毒閻羅道：「在一個時辰之前我收到了一份有關公孫白的很詳細的報告，根據那份報告的資料，公孫白是一個世家子弟，那種世家子弟的脾氣與一般的世家子弟無異，若是將他迫緊了，他一定拚卻一死，也不會說出他心中的秘密。」

黑判官道：「我看他，骨頭並沒有那麼硬。」

毒閻羅淡淡的道：「提供那份報告的人並不是憑空推測，一向也很少，甚至可以說，從未看錯人。」

白判官大著膽子道：「大爺不是時常說，任何人都難免有判斷錯誤的時候。」

毒閻羅道：「那個人到現在為止，還沒有判斷錯誤過一次，也許這一次例外，然而，我仍得再相信他一次。」

白判官不能不點頭。

毒閻羅接道：「所以我匆匆趕來，希望能夠及時制止你們採取行動。」

白判官苦笑道：「我們雖然已採取行動，並未能將他留下。」

毒閻羅道：「你們方才的話我都聽得很清楚。」

白判官道：「事實如此。」

毒閻羅道：「我相信你們的話。」

白判官立即道：「大爺明察！」

毒閻羅道：「我並沒有怪責你們，其實憑你們兩人的武功，又焉能夠將龍飛留下來！」

一頓才接道：「這個龍飛又豈獨武功高強，心思的縝密，臨敵的經驗，都絕非一般人所能夠比擬，你們的疑兵之計給他瞧出來也並不奇怪。」

白判官連連點頭，道：「大爺說的是。」

黑判官亦阿諛道：「若是大爺早來一步，事情就不會變成這樣子了。」

毒閻羅截道：「也確是這樣。」

黑判官一怔，道：「屬下險些兒忘記，大爺此次趕到來，目的乃是在阻止我們採取任何行動。」

毒閻羅道：「公孫白現在已知道我在找他，所以不敢回家，到處躲避，最後不難有可能逃到水晶人那兒。」

黑判官連聲道：「不錯，不錯。」

白判官插口道：「不過大爺早先卻有話吩咐下來，若是留他不住，儘管將他射殺！」

毒閻羅道：「這種世家子弟以我所知，大都很愛惜生命，只要將他的坐騎射倒，讓他知道你們有能力將他射殺，應該已可以將他留下的了。」

白判官「嗯」的一聲，正想說什麼，毒閻羅說話已經接上，道：「然而人算總不如天算。」一頓又接道：「也正如我那句話，任何人都難免有判斷錯誤的時候。」

黑判官插口道：「龍飛武功的高強，實在在我們的意料之外。」

白判官趕緊接道：「我們雖然已竭盡全力，仍然不能夠阻止他將人救走。」

毒閻羅忽然問道：「你們真的已竭盡全力？」

白判官點頭道：「而且都傷在龍飛九環劍之下。」

黑判官補充道：「我們若是勉強將他截下來，唯死而已。」

毒閻羅道：「千古艱難唯一死，明知是送死，也要去送死，只有呆子才會那麼做，你們若是呆子，也根本就不配做我的手下。」

黑判官道：「大爺也不時教我們隨機應變。」

毒閻羅道：「你們都還記得。」

黑判官道：「不敢忘懷。」

毒閻羅道：「那麼，方才明知阻止不了龍飛，你們應該有所打算了。」他緩緩接道：「譬如說，你們最低限度也應該追蹤前去，又或者──」語聲忽一斷，他半晌才接道：「有很多事情你們都可以去做的，也當然應該想得到，可是，你們卻只是待在那裡大笑。」

黑白雙判的臉龐齊都變了顏色。

毒閻羅接問道：「是不是因為恐懼龍飛突然折回來？」

黑白雙判正待要分辯，毒閻羅已緊接道：「一個人如此貪生畏死，還能幹什麼？」語聲更加陰森，道：「有這樣的手下，在我來說，未嘗不是種恥辱！」

黑白雙判面色大變，白判官急呼道：「大爺，不是我們貪生畏死……」

黑判官亦嚷道：「手下留情！」這句話出口，他的身形卻拔了起來，凌空一個倒翻，疾往外掠出去！

白判官一眼瞥見，哪裡還敢怠慢，身形亦掠出，卻是掠向相反的方向。

對於毒閻羅的脾氣、手段，他們當然都很清楚，聽到毒閻羅那樣說話，已知道他動殺機。

亦知道再沒有分辯的餘地，黑判官反應較快，立即開溜，白判官也並不比他慢多少。

他們雖然快，毒閻羅比他們更加快。

因為他早已動了殺機，早已準備出手，黑白雙判身形方動，他雙袖已然揚起來，一雙手迅速從袖中穿出！

慘白色的一雙手，一絲血色也沒有，甫現即收，又藏回雙袖之內。

那剎那，只見兩道光芒從他的手中電射而出，左右分射黑白雙判。

都準確地射在黑白雙判的身上！

那正是黑判官凌空一個倒翻，白判官身形方掠出之際。

黑判官凌空一掠半丈，身形便落下，霍地轉身，滿面驚惶之色，慘呼道：「大爺饒命！」

毒閻羅陰森的語聲劃空傳來，道：「饒不得！」

黑判官慘笑舉步。

一步，兩步，三步！

只走出三步，就「噗」地倒下，白判官差不多同時倒下，只掠出了兩丈。

整條大道立時靜寂下來。

死亡一樣的靜寂。

樹林中更加靜寂，那些手握箭弩的黑白雙判的手下一個個已經不覺現身出來，卻沒有一個人敢作聲，甚至連大氣也不敢喘一口。

毒閻羅仍然站在兩株大樹之間，倏的道：「舒服的日子過得太久，一個人難免就會變得貪生畏死，養兵千日，用在一朝這句話其實是錯誤的。」

沒有人膽敢接口。

毒閻羅接道：「這兩人現在不死，遲早也會死在別人的手上，一個人越怕死，反而就會越容易死。」

樹林中終於有人應了一聲：「是！」

毒閻羅又道：「與其死在別人的手下，倒不如現在死在我的手下。」

這句話當然又沒有人敢應的了。

毒閻羅沒有再說話，卻也沒有離開站立的地方。

樹林中再次靜寂下來。

那些弩箭手一個個望向毒閻羅所在，既不敢作聲，更不敢移動。

沒有人知道毒閻羅在打什麼主意。

——事情無疑已告一段落，為什麼他仍然不離開？

◇

風漸急，吹進了林中，「颯颯」的作響。

不少樹葉被吹下，卻沒有一片掉在毒閻羅的身上。

在他的身外周圍，彷彿包圍著一層無形的物質，隔絕了外來的東西，那些落葉才接近他的體外三尺，就彷彿被一股無形的力量擋開。

一個人的內功氣功修練到這個地步，實在罕有了。

他看來並非有意炫耀，只是整個人都在戒備的狀態中。

一個高手之中的高手，本來就像是刺蝟一樣，混身都佈滿尖刺，隨時都可以傷人。

但是一隻刺蝟只有在緊張的時候混身的尖刺才會豎起來。

一個高手同樣也只有在臨敵應戰前才會運起本身的功力。

現在並沒有敵人到來。

毒閻羅也知道沒有，他所以運起本身的功力，只因為他現在很緊張。

其實他無時不是生活在緊張的狀態下。

仇人太多是一個原因，緊張的性格卻是最主要的原因！

他生來就是那麼緊張，整個人就像是上了弦的箭，隨時都可以發射。

沒有人比這種人更危險了。

在這種人面前，任何輕微的誤會有時都足以導致死亡！

你跟他打一個招呼，極有可能換回來一支閻王針！

好像這種事情，已發生過多次。

比較接近他的人也都清楚得很。

◇◇◇

又是一陣風吹進，吹下了無數落葉。

毒閻羅倏的問道：「事情怎樣了？」

一個聲音已答道：「都已經辦妥。」

聲落人落。

一株古樹近梢的枝葉一分，一人飛燕也似落下。

是一個男人，長得很英俊。

英俊得來卻帶著幾分脂粉氣味，身材也比較一般的男人來得纖巧，輕捷如燕，著地無聲。

從外表看來，他最多不過二十四五，頭髮烏黑發亮，用一條紫巾束著。

他身上也是穿著一件淡紫色的衣裳。

人落在毒閻羅身前七尺之處。

毒閻羅目光一落，道：「那支閻王針，你射在公孫白身上的什麼地方？」

紫衣人道：「左腰，並非要害。」

「哦？」毒閻羅道：「沒有弄錯吧。」

「沒有。」紫衣人道：「我是一個很小心的人。」

毒閻羅道：「你是的。」一頓緩緩接道：「那種閻王針上淬的毒不足致命，但公孫白當然不清楚。」

紫衣人道：「當然，他只道中了閻王針，死路一條，只怕連運功迫住毒氣也提不起勁。」

毒閻羅道：「你看這個人是不是貪生畏死之輩？」

紫衣人道：「以我看，應該是的，所以只要我們提出用解藥來交換水晶人的秘密，相信他一定會答應。」

毒閻羅道：「希望如此。」

紫衣人轉問道：「方才我看見有一個年輕公子緊追在公孫白的坐騎之後，快如奔馬。」

毒閻羅輕吁了一口氣，道：「這個人的輕功實在高明。」

紫衣人道：「到底是誰？」

「龍飛。」

「一劍九飛環那一個龍飛？」

「正是。」

「莫非就是他掩護公孫白逃走？」

毒閻羅無言點頭。

紫衣人道：「以我所知，公孫白與他並不是朋友。」

毒閻羅道：「你當然也知道這個人出了名好管閒事。」

紫衣人道：「他是一個俠客。」

毒閻羅道：「這種人最該死。」

紫衣人道：「方才我原想抽冷子給他一支絕毒的閻王針，但一想，可能會誤了大事，卻也只是那麼一猶豫，他人已去遠。」

毒閻羅道：「遲早有這個機會的。」

紫衣人冷然一笑。

毒閻羅接問道：「消息都已經傳出去了嗎？」

紫衣人點頭道：「由這裡直去五百里之內，我們的人都會迅速收到消息，留心公孫白的去向。」

毒閻羅沉吟半晌，道：「再傳我命令，叫他們也小心龍飛這個人，公孫白已經受傷，龍飛是與他走在一起。」

紫衣人再一點頭，身形「颼」的拔起來，消失在枝葉叢中。

毒閻羅連隨把手一揮，道：「你們都可以離開了。」

那些弩箭手齊應一聲，如獲大赦，迅速的四面退下。

毒閻羅再沒有理會他們，背負著雙手，仰眼望天，忽然嘆了一口氣，道：「黑夜也快降臨了。」

這時候，殘霞已逐漸消散，黃昏已將逝，黑夜已將臨。

樹林中一株古樹的樹梢之上，「拔刺」的羽翼聲響，兩隻白鴿疾飛了起來。

那兩隻白鴿迅速的消失在陰沉的天空中。

白鴿的腿上縛著一個金鈴。

鈴聲清脆，迅速遠逝。

古道漫長，彷彿無盡。

仍然是黃昏時分。

龍飛身形其快如奔馬，奔馳在古道之上，迅速追向公孫白的去處。

一落即起，三十多個起落之後，他已經看見了自己那匹坐騎。

公孫白俯伏在馬鞍上，那個身子看來搖搖晃晃，好像並不怎樣的穩定。

龍飛身形再一個起落，突然發出了一聲長嘯。

在長嘯聲中，他那匹坐騎逐漸慢了下來，終於停下。

公孫白的身子旋即馬鞍上一側，跌下了馬鞍。

「不好！」龍飛身形更加急，飛快的掠到公孫白的身旁。

那身形一頓，他立即俯身探手將公孫白扶起來。

公孫白雙眼半睜，目光已有些呆滯，面龐上隱隱泛起一層紫氣。

龍飛一皺雙眉，一聲微喟：「中毒。」

公孫白居然還有知覺，眼蓋顫抖了一下，睜大了眼睛，上下打量了龍飛一眼，道：

「是龍兄？」

龍飛連忙問道：「傷在哪裡？」

公孫白道：「左腰。」

龍飛的右手回劍入鞘，往公孫白的左腰一抹，突然停住。

他的目光亦落下，拇食指一捏一拔，拔出了一支長逾三寸鋼針。

那支鋼針藍汪汪的，一看便知道淬上了毒藥。

公孫白目光落在那支鋼針之上，面色一變，道：「果然不出我所料，是閻王針！」

他的語聲已起了顫抖。

龍飛的面色亦自一變，沉聲道：「據說閻王針子不過午……」

公孫白苦笑道：「這是說已經封住了穴道，將毒藥進入內臟的時間延長，若是穴道沒有封住，一時半刻，準得完蛋了。」

龍飛道：「你已經封住穴道？」

公孫白點頭。

龍飛右手食中指一併點下，再封住了公孫白的好幾處穴道。

公孫白長長的吁了一口氣，道：「龍兄這樣做也是白費心機。」

龍飛道：「閻王針名雖恐怖，到底是人製造出來的，只要是人製造出來的東西，無論怎樣毒，人也應該有化解的辦法。」

公孫白反問道：「對於藥物這門子學問，龍兄莫非也大有研究？」

龍飛搖頭，道：「沒有，不過我認識的朋友中，有好幾個都是個中能手。」

公孫白道：「他們就在附近？」

龍飛嘆息一聲，道：「遺憾的並不在。」

公孫白道：「龍兄不知道是否聽過一件事？」

龍飛道：「什麼事？」

公孫白道：「閻王針下從無活口。」他緩緩接吟道：「閻王注定三更死，絕不留人到五更。」

龍飛道：「這個毒閻羅可不是真閻羅。」

公孫白苦笑道：「他那些閻王針卻是真的要命。」

他闔上了眼睛，嘆了一口氣，道：「我現在已經感覺毒性在緩緩的內侵了。」

龍飛搖頭道：「是心理作用而已。」

他說著將公孫白抱起來，抱上馬鞍。

公孫白眼睛又張開，雙手勉強扶住了馬鞍，道：「龍兄要將我帶到何處去？」

龍飛道：「到前面的市鎮走走，看看能否找到一個好大夫，用藥物先將毒性壓下來。」

公孫白笑道：「一個大夫若是有辦法控制閻王針的毒性，必然已非常有名，我卻未曾聽說過在前面市鎮有什麼名醫。」

龍飛道：「也許是沒有，但碰巧走過亦未可知。」

公孫白忽然大笑，道：「能夠交到龍兄你這樣的朋友，公孫白也不枉此生了。」一頓接道：「你卻也不必安慰我，人在江湖，生死乃是平常的事。」

龍飛無言。

公孫白仰眼望天，接道：「生既不歡，死又何憾？」

這句話是說得那麼的無可奈何，天地間也彷彿受了這句話影響，變得更蒼涼。

急風吹過，雨忽然落下來。

淡淡的煙雨。

漫天的殘霞這時候也變得淡薄起來，好像不少被煙雨洗去，又好像這煙雨根本就是由那些殘霞化成，從天上飄下。

那些淡薄的雲霞急風中也起了變化。

公孫白目光及處，忽然道：「龍兄，你看那邊的那團雲霞像什麼？」
龍飛一怔，循目光望去，問道：「你是說那團血紅色的？」
公孫白道：「不錯，你看它像什麼？」
龍飛笑笑道：「公孫兄問得也真奇怪。」
公孫白道：「我此際的心情龍兄焉又知道？」
龍飛終於回答道：「我看它倒像是一隻剔翼欲飛的仙鶴。」
公孫白道：「在我的眼中卻一些不像，倒像是一個散髮飛揚，剛被斬下的人頭！」
龍飛又是一怔。
公孫白接道：「鮮血激濺，整個人頭都已被染得通紅。」
——他莫非毒性已發作，神智已有些兒模糊？
龍飛不禁生出了這個念頭，卻說道：「像什麼也好，管它呢。」
公孫白自顧吟道：「天上浮雲如白衣，須臾變成蒼狗。」
龍飛道：「公孫兄感慨何深。」
公孫白輕嘆一聲，接道：「人生豈非就有如雲霞一樣，變幻無常。」
龍飛道：「若是完全都沒有變化，豈非就索然無味？」

公孫白一愕，突然大笑道：「說得是！說得是！」
笑語聲是那麼嘶啞，他那個身子在笑語聲中亦自搖搖欲墜。
龍飛忙將公孫白扶住，道：「無論如何，我們都無妨到前面市鎮一碰運氣。」
公孫白道：「我有生以來，運氣一直都很不錯，也許這一次是例外。」
龍飛道：「現在距離毒發仍然有一段時間，公孫兄若是現在就絕望，不是早一些。」
公孫白道：「好像我這個年紀，其實無論好惡都應該活下去的。」
龍飛道：「公孫兄明白這一點就好了。」
公孫白微喟道：「也許我真的要聽聽龍兄勸告，去碰碰運氣，看看能否活下去。」
龍飛道：「本就該如此。」
公孫白道：「龍兄若是有事在身，尚請自便，不必管我。」
龍飛道：「公孫兄這是什麼話？」
公孫白道：「龍兄……」
龍飛截口道：「我恰好沒有事。」
公孫白轉過話題，道：「一個人要活下去固然困難，要死卻也不容易。」
他倏的又笑起來，笑得是那麼苦澀，接道：「雖然就只有一線生機，不知道倒還罷了，一知道，就總想試試，看看能否活下去。」

龍飛道：「公孫兄的話中好像還有話。」

公孫白沒有回答，就只是笑笑。

龍飛也沒有追問，取過韁繩，牽馬舉步向前走。

公孫白忽然揮手止住，道：「龍兄，可否與我往西行？」

「西行？」龍飛奇怪的望著公孫白。

西面是一片樹林。

公孫白有氣無力的一點頭，道：「閻王針霸道無比，普天下除了毒閻羅之外，只怕就只有一個人能夠救我。」

龍飛道：「那個人住在西面？」

公孫白頷首道：「過了這片樹林，若是沒有什麼意外，在毒發之前應該可以趕到去的了。」

龍飛道：「那個人……」

公孫白截道：「住在一個很神秘，很奇怪的地方，若是途中我毒性開始發作，不能夠開口說話，給你指引，唉——」他忽然嘆了一口氣，道：「這樣，我簡直就是不信任龍兄你，也罷。」說到這裡，他探手從懷中取出了一卷羊皮，塞進龍飛手中，道：「這是一幅地圖，你依著圖中以血畫出來的路線走，就會找到去那裡。」

「哪裡？」

「杜家莊。」公孫白無可奈何的道：「到了杜家莊，你就會見到她。」

「誰？」龍飛不由自主的追問。

公孫白欲言又止，沉默了下去。

龍飛試探道：「水晶人？」

公孫白搖頭，道：「不是她。」

龍飛道：「到底是誰？」

公孫白仰眼望天。

天邊那一團血紅色的雲霧已經消散。

風吹落葉，暮色漸濃。

煙雨不停在飄飛，披滿了公孫白的臉龐。

公孫白吃力的抬起右手，一抹臉龐上沾著的雨粉，終於從口中說出了兩個字——「翡翠！」

龍飛一怔道：「你說的可是一個人的名字？」

公孫白道：「一個女孩子的名字。」

龍飛奇怪的追問下去：「這個翡翠到底又是怎樣的一個女孩子？」

公孫白苦笑道：「我也想給你說一個明白，可惜我知道的，只是翡翠這個名字。」

龍飛道：「你難道未見過她？」

公孫白點頭。

龍飛苦笑道：「那麼你憑什麼相信她能夠化解閻王針的毒藥？」

公孫白道：「我也不知道憑什麼，只知道一件事——水晶是絕不會騙我的。」一頓又說道：「水晶也說過，無論我受了多重的傷，只要到杜家莊找到翡翠，總會有一線希望。」

龍飛道：「哦？」

公孫白的語聲已有些嘶啞，接道：「現在我最感為難的卻是該不該到杜家莊？」

龍飛道：「我不知道這其中還有什麼瓜葛，但，一個人只要問心無愧，什麼地方都可去。」

公孫白道：「不錯。」

龍飛道：「除非你根本已無求生之念，否則就應該設法活下去。」

公孫白頷首，道：「那張羊皮地圖也便是信物，龍兄要小心收好。」

龍飛道：「自當小心。」

公孫白接又嘆了一口氣，道：「西行。」

這兩字出口，他身子仆前，伏在馬背上。

龍飛也不再多言，右手將馬匹接轉，右手旋即就將地圖抖開。

六　翡翠

他約略看了一眼，自言自語的道：「幸好並不遠，趕快一點，三個時辰總該到了。」

語聲一落，他身形急起，上了馬背，右手將羊皮地圖揣進懷中，轉扶著公孫白。

公孫白隨即又說道：「若是趕不及，便埋了我，將我的屍體棄在荒郊中亦無不可。」

龍飛輕叱道：「胡說什麼！」右手再又將公孫白的幾處穴道封住。

公孫白頭一側，終於失去知覺。

他半邊身子的穴道都已被龍飛封住，哪能不昏倒，龍飛這樣做也只是為了延長毒性內侵的時間。

他連隨一聲喝叱，策馬奔入了西面樹林之內。

這時候，暮色更濃了。

樹林中尤其陰暗，龍飛進入的地方並無道路。

他策馬在樹叢中左穿右插，前行的速度並不怎樣快。

幸好這附近的樹林並不濃密，也並不深遠，暮色四合。黑夜降臨之前，他已經走出了林外。

前面是一片平原，龍飛吁了一口氣，策馬急奔了出去。

他那匹坐騎乃是萬中選一的千里良駒，雖然多負了一個人，似乎並沒有多大的影響，其快如飛——

夜漸深。

煙雨已停下，風仍急。

夜空無雲，卻有月，有星。

已將十五，星光燦爛，月明如鏡。

星光月色之下，道路仍然可以分辨得很清楚，龍飛一直西行，途中兩次將那卷羊皮地圖取出來，剔著火摺仔細看，他肯定自己所走的道路沒有錯誤。

天上有月，方向更容易辨別了。

再前行三里，又看見了一個林子。

道路從林中穿過。

龍飛馬不停蹄，奔了進去。

夾在林木中這條道路也頗寬闊，筆直的向前伸展，黑夜中看來，就像是沒有盡頭一樣。

林中披著月光，在地上留下了影子，參差不齊，形狀不一。

風吹樹搖影動，有如群鬼亂舞。

龍飛並沒有在意，這個時候走經這種地方，在他來說也不知多少次了。

道路是那麼平直，當然就最好不過，但前行數丈，不知何故龍飛突然將坐騎勒住。

急風吹起了他的衣袂頭巾，「獵獵」地作響，「嚓」一聲，他突然翻身下馬。

——難道這是公孫白要他到來的地方？

也就在這個時候，兩旁樹林陡然光亮了起來，四盞白紙燈籠在左右樹林之內亮起。

紙白如雪，燈光慘白。

四個白衣長髮少女旋即在龍飛身前四丈，左右樹林中走了出來，燈籠也就握在她們的手中。

不知是否燈光影響，那四個少女的面色都是慘白如雪，毫無血色。

她們的臉龐亦好像被冰雪封住了一樣，肌膚彷彿都已僵硬，全無表情，一雙眼珠子更就是冰珠子般。

她們都望著龍飛。

龍飛不禁由心寒出來。

若非那四個少女行動與常人無異，他幾乎以為是四具殭屍。

那四個少女一字在路上排開，左邊兩個與右邊兩個之間，卻空出一個相當闊的空位。

這個空位足可以容下龍飛牽馬走過去。

龍飛並沒有那麼做，他也知道那個空位的作用，並不是讓他走過去。

他甚至一動也不動，只是靜立在原地。

那四個少女也沒有說什麼，一字兒排開，亦自一動也不一動。

好一會，龍飛忽然開口道：「閣下還等什麼？」

一個陰森森的語聲應道：「年輕人到底是年輕人，耐性總比較差一點。」

語聲陰冷而飄忽，也不知來自何處。

龍飛的目光卻盯著左邊的林木。

陰森飄忽的語聲一落，一個黑衣蒙面人緩步從左邊林木走了出來。

走到那四個少女之中。

——毒閻羅！

龍飛並不知道出現眼前的黑衣蒙面人就是毒閻羅，卻已感覺到對方是一個高手之中的高手。

他淡然一笑，道：「這並非耐性問題，只是我始終認為，一個人實在沒有需要諸般作態，出來就出來，準備幹什麼就幹什麼。」

毒閻羅冷笑一聲，道：「這是教訓我了。」

龍飛道：「不敢，每一個人都有他做人的原則，閣下高興先來這許多排場，又與我何干？」

毒閻羅冷笑道：「一劍九飛環，果然名不虛傳，差一點的人，看見我這般排場，心頭早就已寒了。」

龍飛道：「我還未請教閣下高姓大名。」

毒閻羅道：「說到姓名，我早就已忘掉，江湖中人，一向都稱呼我作毒閻羅！」

龍飛雖然從未見過毒閻羅，但心中早已有數，所以一些也不覺意外，語聲也保持平淡，道：「原來閣下就是毒閻羅——久仰大名，如雷貫耳。」

毒閻羅揮手道：「廢話！」

龍飛轉問道：「不知道閣下深夜到來這裡，有何貴幹？」

毒閻羅反問道：「你真的不知道？」

龍飛道：「假的。」

毒閻羅道：「那麼你打算怎樣？」

龍飛道：「要看前輩打算怎樣。」

毒閻羅道：「將公孫白留下，你盡可以隨便離開。」

龍飛道：「閣下這是要我做一個不義之人？」

毒閻羅道：「有何不義？」

龍飛道：「公孫白是我的朋友，朋友中毒垂危，我竟然棄之而去……」

毒閻羅截口道：「你留在他身旁，也於事無補，反倒是將他交給我，反而可以活下去。」

龍飛道：「因為他中的閻王針本來就是你這位毒閻羅製造出來的。」

毒閻羅道：「解鈴還須繫鈴人。」

龍飛冷笑道：「你肯給他解毒藥？」

毒閻羅道：「只要他告訴我那個秘密。」

龍飛道：「水晶人的秘密？」

毒閻羅道：「不錯，他已經告訴你了。」

龍飛道：「嗯。」

毒閻羅追問道：「水晶人在哪裡？」

龍飛道：「他只告訴我，你為什麼要找他。」

毒閻羅沉吟一下，才道：「你是一個老實人。」

龍飛道：「老實人並無不好。」

毒閻羅道：「一般來說是的，不過一般來說，老實人總比較吃虧。」

龍飛道：「人生不過數十寒暑，吃虧一點又何妨。」

毒閻羅盯著龍飛，緩緩道：「很好，我喜歡你這種青年人。」一頓又說道：「因為我年輕的時候也是這樣的。」

龍飛道：「哦？」

毒閻羅道：「我的兒子對我也很老實。」

龍飛道：「所以你很喜歡他。」

毒閻羅道：「這只是一個原因，最主要的是——我只有一個兒子。」

龍飛道：「我明白。」

毒閻羅道：「這些事情你明白與否都無關輕重，只是有一件事情，你卻是非要明白不可。」

龍飛道：「請說。」

毒閻羅道：「閻王針之上一共淬有七七四十九種最毒的毒藥，普天下除了我之外再無人能解。」

龍飛道：「這種毒針的厲害，我早有耳聞。」目光落在公孫白面上。

公孫白雙目緊閉，面龐已發緊，但鼻息仍均勻。

毒閻羅的目光也落在公孫白面上，道：「看來他已經封閉了半身穴道，然而這只是能夠暫時延遲毒性發作，並沒有多大作用。」

龍飛道：「總之暫時死不了。」

毒閻羅道：「閻王針子不過午，到現在為止，還沒有人例外。」

龍飛道：「由現在到毒發之時相信最少還有兩個時辰。」

毒閻羅道：「不一定，但，看面色，一個時辰之內他還死不了。」

龍飛吁了一口氣，道：「這是說，在一個時辰之內，我還用不著太過擔憂。」

毒閻羅上上下下打量了龍飛兩遍，道：「像你這樣鎮定的人實在不多。」

龍飛道：「像你那麼緊張的人，也實在少有。」

毒閻羅「哦」的一聲，道：「你知道我很緊張？」

龍飛道：「我感覺得到，你就像是一支已上弦拉緊的箭，隨時都好像準備射出！」

毒閻羅盯穩了龍飛，道：「很好。」

龍飛道：「一個人太緊張卻不是一件好事。」

毒閻羅道：「最低限度，隨時都可以應付任何突然而來的襲擊。」

龍飛道：「你仇人很多？」

毒閻羅道：「多得要命。」

龍飛道：「這豈非終日食不知味，寢不安息。」

毒閻羅道：「有何相干？」

龍飛道：「這種生活，一天只怕我也受不了。」

毒閻羅道：「每一個人都有每個人的生活方式。」

龍飛道：「也許你生來就是如此緊張。」

毒閻羅冷笑道：「也許。」

龍飛轉問道：「你準備將我們留在這兒？」

毒閻羅搖頭，道：「不準備！」

龍飛道：「那你到底打算怎樣？」

毒閻羅道：「由現在開始一個時辰之內，你不妨考慮清楚，一個時辰之後我將會再來找你，到時你應該有一個答覆了。」

龍飛道：「我現在已經答覆得很清楚。」

毒閻羅自顧道：「過了這一個時辰，便是大羅神仙，也會束手無策，你記穩了。」

龍飛沉默了下去。

毒閻羅道：「以水晶人的秘密換取解藥，在目前，你們就只有這一條路可行，公孫白醒來，你不妨與他細說分明，他若是昏迷不醒，你就只有自行決定取捨了。」他冷笑一聲，接道：「你當然不願意看見朋友在面前毒發身亡。」

龍飛忽然道：「也許另外還有一條路。」

毒閻羅居然明白他的話，冷笑道：「憑你的本領，也許能夠將我制服，迫我拿出解藥。」

龍飛道：「也許。」

毒閻羅道：「可惜你身旁還有一個公孫白，我殺你也許力有未逮，但在你的保護下取公孫白性命，相信易如反掌！」

龍飛道：「因為我只有一個人，一支劍勢難在戰你同時，兼顧他。」

毒閻羅道：「我雖然目前絕不想殺公孫白，但迫不得已，還是會殺的。」他悠悠接道：「知道水晶人秘密的相信絕不止公孫白一個人。」

毒閻羅又道：「只有一個時辰，龍朋友不妨考慮清楚。」

語聲一落，他轉身就走，幽靈般消失在黑暗之中。

那四個白衣少女亦左右散開，走回兩邊樹林之內。

燈光一刹那熄滅。

周圍又回復黑暗，又回復靜寂。

龍飛只是冷冷的目送他們消失，沒有動。

——這周圍一帶相信都已在毒閻羅的手下監視之下，否則絕不會有一個時辰再找我這種話。

龍飛皺起了眉頭。

——這未嘗不是一件好事，翡翠即使束手無策，解不了公孫白體內的毒藥，還可以找這個毒閻羅。

——但是在目前，無論如何得擺脫他們的監視，否則將他們引到了杜家莊，可是大大的不妙。

龍飛心念一轉再轉，「嚓」地又翻身上馬，策馬前奔。

風吹蕭索，月冷淒清。

七　明月一輪人獨立

夜更深。

龍飛繼續西行，飛馬奔馳在山路上。

山路寂靜，偶然一聲狼嗥，淒厲已極，動魄驚心。

越西，道路便越偏僻，非獨不見屋子，甚至完全就不像人居住的地方。

拿那條路來說，根本就不像是一條路。

龍飛再一次將那張羊皮地圖取出來抖開，他實在懷疑自己看錯，走進了另外一條路。

夜空是那麼清朗，月光是那麼明亮，龍飛還點著了火摺子。

火光月光下，龍飛看得很清楚，事實並沒有走錯路。

那張羊皮繪畫得也非常詳細，那裡有一片樹林，那裡有一個山坳，一一都標明。

——這路是走對了，恁地就是如此荒涼，一路走來，一戶人家也都沒有。

——這圖若是沒有錯誤，杜家莊倘若真的建築在這種地方，只怕就大成問題了。

——這個杜家莊到底是怎樣的一個地方？

龍飛不由生起了這個念頭，卻沒有將坐騎緩下來。

那匹馬無疑神駿，龍飛的騎術也無疑登峰造極，坐在馬背上，穩如泰山。

他一手拿著火摺子，一手將羊皮地圖抖開細看，居然還能夠兼顧公孫白。

公孫白這時候已經完全陷入昏迷狀態，火光下，臉龐顯然變得更紫了。

龍飛看在眼內，收起羊皮地圖，連隨伸手摸了一下公孫白的臉龐。

觸手冰冷，彷彿冰封過一樣。

龍飛由心一寒。

——閻王針果真如此厲害？

他不覺反掌擊在馬臀上。

那匹馬負痛一聲悲嘶，速度似乎又快了一些，龍飛卻知道事實沒有，也知道那匹馬事實已快到不能夠再快了。

他本來是一個惜馬之人，可是公孫白的性命現在卻操在他手裡。

只有一個時辰，現在已過了一半，他必須在這半個時辰之內趕到杜家莊，找到那個叫做翡翠的女孩子。

倘若是翡翠束手無策，迫不得已，就唯有將公孫白交給毒閻羅的人。

他不知道水晶人的秘密對公孫白到底重要到什麼地步，但從公孫白的言談聽來，卻聽出公孫白大有寧可死，也不肯將水晶人的秘密說出來的意思。

然而在真的面臨生死關頭的時候，公孫白是否仍然會繼續堅持下去？他可也不敢肯定。

公孫白與他到底向無來往，只是昔年在黃鶴樓見過一面，打過招呼。

這個人到底是怎樣的一個人他實在不大清楚。

不過，公孫世家向以俠義為重，公孫白有河北小孟嘗之稱，他都是知道的。

但既是俠義中人，怎會與水晶人這種殺手拉上關係，又何以寧死也要維護水晶人？

龍飛雖然覺得很奇怪，對於公孫白，仍然沒有任何的惡感。

世間的事情往往，就是那麼的巧合，也許水晶人曾經救過公孫白的性命，也許水晶人本來就是公孫白最好的朋友，也許……

每一種可能都可能成為事實。

至於水晶人是不是傳說中的那麼邪惡？龍飛亦不能肯定，因為他從來沒有遇上過那個水晶人，他所認識的朋友，也沒有一個親眼目睹。

傳說畢竟是傳說。

江湖上俠義中人日漸凋零，好像公孫白這樣的一個青年人，龍飛實在希望他能好好的活下去。

他也是一個青年人，對於青年人當然也特別容易發生好感。

可惜他對於藥物所知不多，尤其是閻王針之上所淬的那種劇毒，他自然束手無策。

在目前，他只有盡自己的能力，去搶救公孫白的性命。

毒閻羅所說的若是事實，那麼他更就非趕快不可的了。

黑夜中趕路，本來就比較白天緩慢一些，而且，亦容易出錯。

一出錯，公孫白的性命就大成問題的了。

所以他不得不多走一段路，拿出那卷羊皮地圖來看看。

一路上，他總覺得每隔相當距離，就有人隱藏暗中監視。

有一次，他甚至已見到兩個人。

那兩個人雖然身穿黑衣，又藏在亂石影中，但因為行動不大小心，仍然被龍飛看見。

龍飛並沒有理會他們。

他肯定那兩人必定是毒閻羅的手下，對於毒閻羅的話他並不懷疑。

——這一次毒閻羅必然已出動很多人，散佈在周圍留意我們的去向。

——怎樣才能夠擺脫他們？

龍飛始終想不出一個妥善的辦法。

以他的武功經驗，絕對可以將那些人找出來，一一的制服。

但是他這樣做，勢必會浪費很多的時間。

在目前來說，他們怎能再浪費任何的時間？

——也罷，就讓毒閻羅找下去，萬一翡翠解不了毒閻羅之上的毒藥，仍可以立即找到毒閻羅。

對於公孫白的話龍飛也並不懷疑。

可是他卻不能不考慮到一樣可能，那就是翡翠可能已外出。

翡翠若是在，又能夠解去毒閻羅之上的毒藥，毒閻羅找來又將會如何？

關於這一個問題，龍飛亦已經考慮清楚。

唯一戰而已！

到時候，他亦已完全可以放心與毒閻羅一戰。

毒閻羅這個人龍飛也早就有意一戰的了。

因為他到底也是一個俠客。

◇

前行再半里，道路仍然是那麼偏僻。

這半里龍飛沒有再拿出地圖來看，道路就只是一條，並沒有岔開。

半里後，道路便被無數的巨石截斷。

龍飛將馬停在巨石之前。

在他的眼前，盡是奇形怪狀的岩石，一塊緊靠著一塊，儼然一道石屏風。

那道石屏風左右伸展開去，一望無盡，也不知有多寬闊。

龍飛卻反而吁了一口氣，然後從懷中取出那張羊皮地圖。

巨石名符其實是巨石，有些竟然高達七八丈。

龍飛有生以來，還沒有見過一個這樣奇怪的地方。

那簡直就像是一個巨大無比的石山突然四分五裂，四方八面緩緩的傾下來，形成這樣的一個地方。

巨石碩大的影子投在地上，有好幾丈長，龍飛他們當然就置身石影之中。

他連隨又取出火摺子點亮，藉著火光，細看了那張地圖一遍。

這一遍他顯然看得很細心，到他將地圖收回懷中，目光就落在石屏風之上。

也只是片刻，他將坐騎勒轉，向左面奔去。

左面是一個雜木林子，與石屏風之間有約莫半丈的一段距離。

那也未嘗不可以說是一條路。

龍飛策馬沿著這條路走去，他似只是隨隨便便走著，事實暗中一直在計算。

以一般腳步的距離來計算。

九九八十一步之後，他又將馬勒住。

左面仍然是樹林，右面也仍然是巨大的岩石。

龍飛「刷」地翻身下馬，走到岩石面前，伸手按在其中一塊突出的岩石之上。

那塊岩石約莫有三丈高下，表面凸凹不平，與其他並無分別。

但是龍飛那隻手一按下，那塊岩石突然一陣「軋軋」聲響，丁方約莫一丈的一塊石壁突然緩緩後移，在那塊岩石之上，立時出現了一個洞口。

龍飛看在眼內，一些也不驚奇，因為這一切都已經記載在那塊羊皮地圖之上。

根據記載，那就是進入這道石屏風唯一的門戶。

龍飛方待牽馬走進去，一聲淒厲已極的慘叫聲就劃空傳來。

緊接又一聲慘叫，再一聲蓬然巨響，都是發自雜木林子內。

龍飛幾乎立即確定了方向，心念一轉，身形飛燕般掠起，射入雜木林子，直撲慘叫聲的來處。

人在半空，劍已出鞘！

他右手拔劍，左手卻沒有扣向那些金環，反而伸入腰帶，取出火摺子，「嚓」的又點亮。

火光迅速驅散了黑暗，龍飛目光及處，看見了兩個人。

那兩個人一身黑衣，一個中年，一個才不過十八九，都是腰掛長刀。

他們的長刀卻沒有出鞘，毫無疑問，他們根本就不知道死亡已經迫近。

到他們知道的時候，已顯然幾乎立即死亡！

這一點從他們面上的表情已可以看得出。

他們都不是伏屍地上，那個中年人的身子一半陷進一株老樹的樹幹中，胸膛塌下了一大片，彷彿被一樣堅硬的東西猛撞在胸膛之上，撞碎了那部份的肋骨，再將他撞進那株老樹的樹幹內。

那株老樹的樹幹已經迸裂，中年人的屍身緊緊嵌在樹幹內，也所以沒有倒下來。

這一撞的力道已足以致命。

這凌厲的一擊到底來自什麼人？

龍飛雖然不知道，心頭已不由自主一凜。

毫無疑問，那必然是一個高手，也只有高手才能夠在黑暗之中發出那麼準確致命的一擊。

那個青年人也不是伏屍地面，是攔腰掛在一條樹枝之上。

那條樹枝距離地面怎也有一丈高下，青年人的屍體掛在那裡，猶自緩緩的晃動。

他仰天掛在那裡，那個身子差不多對摺在一起，看情形，腰脊也折斷。

龍飛目光先後在那兩具屍體之上一停，轉向旁邊的一叢矮樹。

一團慘綠色的光芒即時在那叢矮樹之後亮起來。

那是一盞長圓的燈籠，糊紙慘綠色，燈光所以變得慘綠。

燈籠甫出現，一個人就從矮樹叢中冒出來，那隻燈籠也就是握在那個人的手中。

是一個老人，鬚髮俱白，但在燈光之下，也變成了慘綠色，驟看下，有如地獄出來的惡鬼。

老人的相貌事實長得非常兇惡，再加上一頭散髮怒獅一樣倒豎，一面的兇光殺氣，彷佛隨時都準備殺人也似，只看他這副模樣，便已經令人不寒而慄的。

龍飛還是第一次遇上一個神態相貌這樣兇惡的人，卻只是一怔，道：「這位老人家……」

龍飛道：「老人家……」

老人又截道：「你叫我杜惡。」

龍飛一怔，道：「好的。」

杜惡接道：「你是一個很幸運的人。」

龍飛又一怔，道：「哦？」

杜惡道：「我看見你的時候，你正好在看那張羊皮地圖。」

龍飛道：「那張地圖是一件信物。」

杜惡道：「所以我沒有出手。」

龍飛道：「當時我是在哪裡？」

杜惡道：「三里之內，任何人踏進這周圍三里之內，若不是他們死，就是我死亡了。」他狠狠的盯著龍飛，接道：「持有杜家莊的信物的人當然例外。」

龍飛目光轉向那兩具屍體，道：「他們也許都……」

杜惡道：「那種地圖就只有一張在外仍未收回。」

龍飛道：「不怕是假的？」

杜惡冷笑道：「那麼到你進入杜家莊，將地圖交還我家老爺的時候，就是你死亡的時候。」一頓又說道：「現在無論那是真也好，假也好，只要知道你是拿著地圖進來，我都會讓你進去。」

龍飛目光又轉向那兩具屍體，道：「閣下好深厚的內功！好狠辣的心腸！」

杜惡冷冷的說道：「若不是這樣，死的就不是他們，是我了！」說著他將橫枝上掛著的那具屍體的右足踝一把抓住拉下，擱在自己的肩膀之上，然後橫移三步，來到嵌入樹幹的那具屍體之前，一把抓住他的胸襟一拉。

「勒」一下聽來令人牙齦發酸的異響，那具屍體被他硬硬的拉了出來，卻留下一大片皮肉連帶衣服黏在樹幹之上。

龍飛只看得毛骨悚然，一皺眉頭道：「這兩個人也許是……」

杜惡冷截道：「你知道他們是什麼人？」

龍飛道：「相信是毒閻羅的手下。」

杜惡道：「毒閻羅的手下都不是好人，但無論是善是惡，只要他們闖入禁地，我就得將他們殺掉。」

龍飛忽然問道：「你殺了他們多少人？」

杜惡道：「十四個。」他盯著龍飛接道：「看來毒閻羅對你倒是關心得很，據說在周圍百里，每一條通路上都有他的人在留意著你的行蹤。」

龍飛道：「消息也真快。」

杜惡道：「飛鴿傳訊，如何不快。」

龍飛微喟道：「黑夜之中他竟然還能夠利用飛鴿傳訊，實在不簡單。」

杜惡冷笑道：「這算得了什麼，比起我家主人來，這簡直就是小孩子的玩意。」

龍飛道：「哦？」

杜惡道：「你既然有機會進入杜家莊，總會有機會見識我家主人的神通的。」

龍飛道：「你家主人到底是……」

杜惡倏的截口道：「一個人好奇心太重，絕不是一件好事。」他面容一沉，鄭重的接道：「這句話朋友你最好就放在心上，尤其在進入杜家莊之後。」

龍飛道：「我已經放在心上了。」

杜惡面上第一次露出笑容，道：「你是一個聰明人。」

龍飛道：「可惜聰明人有時也會做糊塗事。」

杜惡笑容一斂，道：「能夠不做當然還是不做的好。」

龍飛轉問道：「你殺了毒閻羅十四個手下，未必就能夠阻止毒閻羅找到杜家莊。」

杜惡道：「我殺他那些手下，只因為他們闖入杜家莊的禁地，他們與你都是在這附近失蹤，毒閻羅當然會找到去。」

龍飛道：「抱歉給你們增加這些麻煩，我本來可以一路小心行蹤，但那樣一來，我那個朋友的性命就成問題了。」

杜惡道：「你當然就是為了救他的命才到來杜家莊。」

龍飛並不否認。

杜惡淡然一笑，接道：「無論他受了多重的傷，只要你送他到來杜家莊，只要他還有氣，你都可以絕對放心，他絕對死不了。」

龍飛道：「我那位朋友也是這樣說。」

杜惡道：「他當然清楚得很，那張地圖本來就屬於他的，他叫做公孫白，是不是？」

龍飛道：「是。」

杜惡道：「他總算來了。」

龍飛試探道：「你以前曾見過他？」

杜惡沒有回答，自顧道：「我們流傳在外面唯一的地圖就是在他手中，也就是因為這張地圖，這個地方始終不能夠完全封閉，現在可好了。」

龍飛道：「他本來是不想來到的。」

杜惡道：「可惜他中了閻王針，要活下去除非他接受毒閻羅的條件，否則就必須來此一趟。」頓一頓，又道：「好像他這個年紀的人，對於生命當然很留戀，他既不肯跟毒閻羅談條件，就只有這條路可走了。」

龍飛奇怪道：「你知道的事情倒不少。」

杜惡道：「我殺第一個毒閻羅的手下的時候已經問清楚。」他冷笑一聲，接道：「千古艱難唯一死，無論是好人抑或壞人，在生死關頭，大都會變得比較軟弱，可惜他雖然說了出來，還是一樣要死的。」

龍飛無言。

杜惡轉過話題，道：「現在你可以進去了。」

龍飛道：「進入那道石門之後，是否依照地圖上的指示繼續前行？」

杜惡道：「否則要那張地圖何用？」

說完這句話，他就移動腳步向林外走去。

那兩具屍體在他來說，彷彿沒有存在的一樣，那盞慘綠色的燈籠他仍然握在手中。慘綠色的燈光下，鮮血也彷彿變成了慘綠色。

鮮血從那具後背綻裂的屍體上滲出，滴下濕透杜惡的衣衫，他卻是若無其事。

這其實他大可以避免，也不知他是並不在乎，抑或是喜歡浴在鮮血當中。

他腳步移動得看來相當快，既快且輕盈，幽靈般眨眼去遠。

那盞慘綠色的燈籠就像是鬼燈一樣穿插在樹木叢間，也消失在其間。

龍飛目送杜惡遠去，一面移步走向林外。

那匹馬仍然在林外石壁那道暗門之前，公孫白也仍然伏在馬鞍上。

他雙目緊閉，嘴唇發白觸手冰雪般寒冷，氣息更弱如游絲。

龍飛哪裡還敢再怠慢，牽馬急走入暗門之內。

這暗門之內，到底是怎樣的地方，他並不知道，但直覺，是一個很安全的地方。

如果有危險，好像他這種高手，應該會有所感覺。

這當然是指人為的，譬如有人埋伏暗算之類。

因為他武功縱然怎樣高強，耳目又怎樣靈敏，到底只是一個人，不是一個神。

他既不能夠預知未來，也沒有逢凶化吉的本領。

只不過他比起一般人，感覺無疑是靈敏一些。

◇◇◇◇

暗門後又是一面石壁，右邊也是，左邊卻有一條甬道向前伸展。

龍飛毫不猶豫，牽馬向左邊甬道走去。

甬道夾在兩道石壁之間，由下望上去，仍可以看見星光閃爍的夜空與及照在石壁上蒼白淒涼的月光。

前行不到三丈，是一個彎角，轉過了這個彎角，又是一條甬道，也是三四丈的長遠而已。

龍飛順著甬道向前行，左一轉，右一折，也不知轉了幾個彎角。

他的耐性一向很不錯，但因為牽掛公孫白的傷勢，這樣子轉來折去，不免有些兒焦急。

——難道沒有一條比較直接的道路？

——這若是一個迷陣如何是好？

他思潮起伏，正準備再拿出那張羊皮地圖來看看，又轉過一個彎角。

一道光立時射在他的面上。

是月光。

轉過這一個彎角，竟然就已經出了甬道。

在他的前面不遠，是一座小石山，那座小石山的正面筆直如削，約莫有三丈高下。

月光這時候已經開始西沉，那座石山背西向東，筆直如削的一面完全在暗影中。

可是龍飛仍然看見那之上的三個字。

——杜家莊！

那也不知塗上了什麼，黑暗中閃動著慘綠色的光芒，驟看來竟然好像不住在移動，令人有將會破壁而出的感覺。

筆劃又是那麼的有力，刀一般，劍一樣，龍飛目光一落的剎那，忽然感覺到一股殺氣！

石壁上那三個字好說不到，但筆劃之間，竟然有殺氣存在，這卻就不簡單了。

——這些字絕不簡單，寫下這些字的人更不簡單！

龍飛此念方動，眼前忽然一暗。

並不是月亮突然下沉，只是石山上突然出現了一個人。

從龍飛站立的地方望上去，月亮正壓在石山之頂，那個人正出現在月亮正中。是一個女人。

她背著月亮，面向著龍飛這邊，浴著月亮，全身的輪廓是顯得那麼鮮明，但細看之下卻又那麼迷濛。

在她的身上彷彿有一蓬光散發出來。

那就像螢光一樣。

但，卻又似並不是一蓬光，而乃是一對蟬翼也似，接近透明的翅膀，因為月光的照耀，雖有形，卻又似無形。

她出現得那麼的突然，簡直就像是從月中飛出來。

龍飛實在看不清楚她的面貌，卻已感覺到一種難以言喻的美麗。

明月一輪，佳人獨立。

今夕何夕？

◇

非獨今夕何夕，此時何時，此地何地，那剎那龍飛彷彿都已經忘卻。

有生以來，他還是第一次看見一個那麼美麗的形象，那種美麗已簡直並不是人間所有。

難道那個女人竟然是來自傳說中的月殿？

那個女人長髮披肩，夜風中輕煙般飄飛，是那麼的柔和，那麼的動人。

她混身的線條更就是柔和動人之極。

她好像已看見龍飛，在望著龍飛，又好像並不是，緩緩的轉過半身，忽然跪下來。

龍飛看不見她的容貌，當然更就看不見她的神情，可是那剎那，他忽然生出了一種她正在流淚的感覺。

那剎那，他竟然又生出了一種，已為之心碎的感覺。

如此星辰如此夜，為誰不寐立中宵？

◇◇

龍飛呆了好一會才牽馬走過去。

「的得」的蹄聲，敲碎了深夜的靜寂。

那個女人始終跪在明月中，一動也不動，彷彿並沒有發覺龍飛走近身來。

到龍飛走到石壁之下，她仍然無動於衷。

龍飛收住了腳步，拉住了坐騎，目光始終沒有離開過那個女人。

他聽到了哭泣的聲音。

那個女人真的在哭泣，聲音是那麼低沉，是那麼淒涼。

龍飛那種心碎的感覺又來了。

好像他這樣的一個江湖人，心腸竟然變得這樣的脆弱，就連他自己，也奇怪。

他到底忍不住，開口道：「姑娘！」

那個女人一些都沒有顯得意外，應聲緩緩將頭轉過來，目注著龍飛。

她的眼瞳是那麼晶瑩，面頰上掛著兩行珠淚。

——為什麼她這樣傷心？

龍飛忽然有一股衝動，想走上去替她將淚珠抹乾。

那個女人即時幽幽道：「你叫我？」

幽幽的語聲，彷彿就來自天外。

龍飛道：「是。」

這時候他總算看清楚那個女人。

那個女人的容貌非常美麗，但不知怎的，他越看就越覺得，那種美麗不是人間所有。

他跟著竟然又有一種感覺，感覺自己根本就仍然沒有看清楚那個女人。

這種感覺一生出，在他的眼中，那個女人的容貌又迷濛了起來。

那個女人這時候又問道：「為什麼你叫我？」

龍飛怔在那裡，一時間也不知道如何回答才是好。

那個女人的眼淚忽然又流下。

龍飛總算找到了一個話題，道：「姑娘，為什麼你這樣的傷心？」

那個女人道：「我傷心？」

龍飛道：「若不是傷心，何以獨個兒在這裡流淚？」

那個女人道：「我流淚，當然就是傷心了。」

龍飛又問道：「為什麼？」

那個女人道：「你不知道嗎？」

龍飛一怔道：「我？」

那個女人嘆了一口氣，道：「你來了，我怎能不傷心呢？」

龍飛又是一怔，道：「姑娘，你認識我？」

那個女人道：「認識又怎樣？不認識又怎樣？」

龍飛怔住在那裡，思想卻迅速的動起來。

他始終想不出在哪裡見過那個女人。

若是不認識，又怎會這樣說話？

那個女人看著他，緩緩的接道：「你不來，這裡是很太平的，你一來，就不再太平了。」

龍飛道：「哦？」

那個女人道：「你難道沒有發覺，已經將災禍帶來這裡？」

龍飛心念一動，道：「姑娘是說我引來了那個毒閻羅？」

那個女人沒有回答，轉過臉，目注那一輪明月，道：「你看這月亮多麼美麗，這月色多麼皎潔！」

龍飛道：「嗯。」

那個女人道：「卻只是今夜了，過了今夜，這月色，這月亮，都不會再這樣皎潔，再這樣美麗。」

龍飛聽得實在奇怪之極，道：「又是什麼原因？」

那個女人道：「因為都已被鮮血染紅。」

龍飛道：「姑娘，恕我不明白。」

那個女人道：「到時候總會明白。」

她仍然目注那一輪明月，接道：「不過，血淋淋的明月，亦未嘗不美麗，可惜這裡到時候已沒有人能夠欣賞得到了。」

龍飛苦笑，只有苦笑。

那個女人忽然漫聲輕吟道：「海上生明月，天涯共此時，情人怨遙夜，竟夕起相思。滅燭憐光滿，披衣覺露滋，不堪盈手贈，還寢夢佳期。」

幽幽的語聲，是那麼傷感，詩句又是那麼的淒涼。

龍飛只聽得心頭一陣愴然。

那個女人忽然將頭轉過來，道：「這首詩你有沒有印象？」

龍飛頷首，道：「這是張九齡的望月懷遠。」

那個女人又問道：「你可知，是什麼意思？」

龍飛道：「我知的。」他微喟一聲，接道：「長夜寂寥，只有明月千里普照，天涯相共，也就只此千里月色，別情縈心，如何能夠安寢入睡？」

那個女人道：「你真的知道。」

龍飛道：「滅燭因月光之盛，露滋則因人已在戶外，竚立中宵多時，姑娘——」一頓他才道：「如此星辰如此夜，為誰不寐立中宵？」

那個女人並沒有回答，嘆了一口氣，道：「我也該回去了。」

她說著緩緩站起身子，雙手忽然一掬，轉向龍飛道：「我送你一捧月光好不？」

龍飛不覺伸出一雙手去接。

那個女人的面上終於露出了笑容，笑得是那麼的淒涼。

然後她飄然後退，幽靈般消失。

龍飛呆然目送她消失，心頭忽亦感覺淒涼之極。

——不堪盈手贈，還寢夢佳期。

誰是深閨夢裡人？

龍飛微喟中舉步，牽馬前行。

他現在才省起還沒有問那個女人叫什麼名字，是這裡什麼人。

他很想追上去一問，但到底還是打消這個念頭。

有緣總有再見一日。

若是無緣，問名何用？

◇◇◇

明月已西斜。

石山旁邊那一個雜木林已照不到月光，林子內一片黑暗。

杜惡扛著屍體，提著燈籠，仍然走在雜林子內。

那個雜木林子也算大的了，樹葉雖然不怎樣濃密，足以遮蔽天空，若是仰首向上望，目力差一點的人，就只見一片黑漆而已。

杜惡並沒有抬頭上望，只是幽靈一樣的移前。

他移動得是那麼迅速。

燈光不住在晃動，慘綠色的燈光就像是鬼火一般，閃爍著向前飄去，再轉幾個彎，前面逐漸光亮了起來。

迷濛的光芒，也不知來自何處。

燈光這時候卻逐漸變得迷濛，卻不是因為那光芒影響。

林子的這一邊赫然就籠罩在迷濛霧氣之中，杜惡也就是走在霧氣之內，非獨燈籠，就是他整個人也已被霧氣包裹。

這裡到底是什麼地方？杜惡帶著屍體走來這裡到底幹什麼了？

◇

又轉一個彎，一輪明月突然出現在杜惡面前。

這一個彎轉過，已經到了林子的出口，對面仍然是石山，卻崩了一個大缺口。

明月一輪就出現在這個缺口中。

這個缺口可以說也是杜家莊的另一個進口，然而要從這個進口進去，卻是沒有那麼容易。

在缺口與林子之間是一個天塹，懸崖峭壁，下臨無底。

八 碧落賦中人

月光下，那個天塹中霧氣翻滾，就像是一窩煮沸了的白粥，兩三丈以下便已經完全看不到。

樹林中的霧氣也就是從這個天塹湧上來。

走到了這裡，杜惡手中的燈籠已變得如螢火一樣，只見淡綠色的一團，已差不多完全被月光所掩去，彷彿根本就沒有燃上。

螢火之光又焉能與皎月相比？

杜惡並沒有將燈籠吹滅，緩步走出了雜木林子，走到天塹的斷崖邊緣。

也就像在步向那一輪明月當中。

龍飛這時若是看見，只怕會懷疑這一輪明月是否那一輪明月。

那一輪明月之中佳人獨立，淚流雙頰，明月彷彿也要化成了淚珠，月色在他的眼中看來是那麼淒涼。

現在的月色，比他的只怕就只有肅殺的感覺。

絕不是因為那兩具屍體，也絕不是因為鮮血已濕透了衣裳。

殺氣仍是從杜惡的身上散發出來。他甫一踏出林子外，整個人就彷彿已變成了一把刀。

一把準備殺人的利刀。

他步向那一輪明月，就像要把那輪明月斬開來。

湧向他的那些霧氣同時間左右分開，彷彿遭遇到一種難以言喻的阻力，不能夠再接近杜惡的身旁。

若不是目睹，有誰相信一個人竟然能夠顯示出這麼凌厲的威力。

然而這一種威力，卻也不是每一個人都能夠覺察得到。

但龍飛若是就在一旁，一定可以覺察得到，因為他也是一個高手。

只有高手才能夠感覺到高手的威力。

明月當然仍是那一輪明月。

出現在這輪明月之中的卻不是絕色佳人，是一個惡人。

杜惡這時候真的人如其名。

方才在他殺人的時候，也許亦這樣殺氣奔騰，然而到龍飛看見他，卻雖然感覺得到殺氣，看見到他一面的兇光，彷彿隨時都準備殺人，但是與現在相較，先前的杜惡簡直就是一個很善良的老人。

即使是瘋子，也不會毫無緣故動殺機。

杜惡並不是一個瘋子，好像他這種高手，又豈會毫無緣故殺氣畢露？

夜風吹急，吹得杜惡一身衣衫「獵獵」作響。

他突然霹靂一聲暴喝，一振臂倒提在手中以及扛在肩膀上那兩具屍體，一齊「呼」的飛起來，飛投向那個天塹！

月光下人影一閃，霧氣一閃即合，那兩具屍體迅速消失在霧氣中。

在杜惡的身後，雜木林子之內即時亮起了四團光芒。

是四盞燈籠，分握在四個少女手中。

燈光慘白，那四個少女的面色亦是有如紙白，毫無血色，也不知是燈光影響還是本來就如此。

她們兩兩分站一旁，當中空出了約莫一丈的距離，一個黑衫人鬼魅一樣出現在她們之間。

——毒閻羅！

◇

杜惡彷彿什麼也沒有感覺，仍然是面向著那一輪明月。

毒閻羅森冷的目光正落在杜惡背後，一瞬也都不一瞬，身形一穩定，沒有再移動，與目光同樣，彷彿已凝結。

慘白的燈光與迷濛的月光輝映之下，飄浮在他身外霧氣那剎那亦有似被一雙無形的大手，橫揮了開去。

毒閻羅的身子卻竟然反而變得迷濛起來。

是殺氣！

也就在這個時候，杜惡緩緩的轉過身子，道：「毒閻羅？」

毒閻羅道：「正是！」

杜惡道：「很好。」

毒閻羅道：「什麼很好？」

杜惡道：「我是說，你也是一個高手。」

毒閻羅冷笑。

杜惡道：「你非常緊張。」

毒閻羅道：「嗯。」

杜惡道：「天生的？」

毒閻羅道：「與你何干？」

杜惡冷笑，道：「我不喜歡與你那麼緊張的人站得這麼的近。」一頓接道：「這與一個瘋子站在一起並沒有多大分別。」

毒閻羅道：「瘋子隨時都會殺人。」

杜惡道：「不錯，沒有人比瘋子更危險了。」

毒閻羅目光一寒，道：「瘋子最低限度會讓人知所防避。」

杜惡道：「不錯，就正如惡人一樣？」

毒閻羅道：「就正如你。」

杜惡冷笑道：「所以我們彼此都沒有佔對方的便宜。」

毒閻羅道：「好像你長得這樣凶惡的人也實在少有。」

杜惡道：「這未嘗不是一種榮耀。」

毒閻羅忽然道：「高姓——大名？」

杜惡道：「姓杜——名惡！凶惡的惡，惡人的惡！」

毒閻羅道：「人如其名，很好！」

杜惡道：「無論誰看見我都會退避三舍，否則也一定會生出了戒備之心。所以嚴格說起來，你比我實在危險得多。」

毒閻羅道：「也許。」

杜惡道：「一個人是否緊張，差一點的人，是感覺不出來的，何況你面上還蒙著黑布？」

毒閻羅道：「這是說，你是一個高手了？」

杜惡道：「相信絕不會比你稍差。」

毒閻羅道：「到底如何，相信很快就會知道的。」

杜惡道：「相信是。」

毒閻羅突然問道：「你殺了我十四個手下？」

杜惡道：「你的消息很靈通。」

毒閻羅道：「他們並沒有開罪你。」

杜惡道：「並沒有，如果他們不踏進這周圍三里之內，我也絕不會出手。」語聲一沉，道：「任何人踏進這三里之內，不是他們死，就是我死了。」

毒閻羅道：「現在我人已在這三里之內。」

杜惡一字字的道：「所以不是你死就是我亡。」

毒閻羅倏的冷笑一聲，道：「憑你的武功，絕不是我的對手。」

杜惡道：「你有此信心？」

毒閻羅道：「絕對有。」

杜惡一皺眉，道：「憑什麼這樣肯定？」

毒閻羅道：「因為我見過你出手。」

杜惡道：「在哪裡？」

毒閻羅道：「就是你在擊殺那兩人的時候。」

「哪兩人？」

「方才你將他們的屍體拋下天塹的那兩人。」

杜惡面色一變，道：「方才你已經來到了？」

毒閻羅道：「否則又怎會這麼巧，現在在這裡出現？」

杜惡一怔道：「我完全沒有察覺。」

毒閻羅道：「這大概是因為你全神在擊殺我那兩個手下。」

杜惡道：「龍飛也竟然沒有察覺。」

毒閻羅道：「好像我這種人，站得只要遠一些，不是容易察覺的。」

杜惡目光轉落向那四個少女的面上，道：「她們當時也是在那裡？」

毒閻羅搖頭，道：「你放心，她們並不在。」

杜惡吁了一口氣，道：「好像你這樣的高手，一個已經不容易對付，若是再來四個，那還得了。」

毒閻羅道：「一個已經足夠。」

杜惡冷笑。

毒閻羅道：「知己知彼，百戰百勝！」

杜惡冷笑道：「你卻是等到現在才現身出來，才準備動手。」

毒閻羅道：「有件事不怕對你說，方才你看見的那個年輕人，我對他是有些顧慮。」

杜惡道：「哦？」

毒閻羅道：「沒有把握的事情我是很少做的。」

杜惡道：「如此說來，你現在是絕對有把握將我擊殺了。」

毒閻羅道：「不錯。」

杜惡忽然一笑，道：「可惜縱然如此，你也未必敢動手的。」

毒閻羅道：「是麼？」

杜惡道：「也許你必須考慮一下後果。」

毒閻羅沉吟了一下，道：「從你的武功與附近的情形看來，這個地方絕不是一個普通的地方。」

杜惡道：「絕不是。」

毒閻羅上下打量了杜惡一眼，道：「看你的衣著，你還是一個僕人。」

杜惡道：「我是的。」

毒閻羅道：「僕人的武功已經這樣，主人若是也懂武功，簡直不可想像了。」

杜惡忽然道：「你們五人將眼睛挖出，將舌頭切下，再留下一雙手臂，我杜惡可以做主，讓你們五人離開。」

毒閻羅只是冷笑，那四個少女個個面無表情，彷彿泥塑木雕的一樣。

杜惡不由頷首道：「強將手下果然無弱兵。」

毒閻羅道：「你就是將刀架在她們的脖子上，她們也不會害怕的。」

杜惡道：「是麼？」

毒閻羅道：「因為她們若是害怕逃命，就算你不殺她們，她們也是不免一死。」

杜惡道：「原來是如此。」

毒閻羅忽然一聲冷笑，道：「你那個主人到底是誰？」

杜惡道：「他也是姓杜。」

毒閻羅冷笑，道：「杜什麼？」

「杜殺！」

毒閻羅目光一閃，道：「名字夠凶惡，可惜在江湖上並沒有聽說過。」一頓接道：「江湖上的名人，我不知道的大概還沒有。」

杜惡道：「我家主人在江湖並沒有什麼名堂，但江湖上的名人，不知道他的相信也絕無僅有。」

毒閻羅冷笑道：「可是我這樣的一個名人，卻竟然不知道有杜殺這個人的存在。」

杜惡道：「你真的不知道？」

毒閻羅奇怪的道：「這句話是什麼意思？」

杜惡緩緩將手中燈籠抬起來。

他已經背著那一輪明月，整張臉都顯得有些陰沉，但燈籠一抬高，立即被慘綠的燈光照得發亮。

毒閻羅盯著杜惡，目不轉睛，那眼瞳之中，隱約內露出疑惑之色。

——杜殺到底是什麼人？

他搜遍枯腸，的確想不起江湖上有這人的存在。

杜惡也在盯著毒閻羅，整張臉已因為燈光變成了慘綠色，說不出的詭異，他的語聲也變得詭異起來，倏的輕吟道：「爾其動也，風雨如晦，雷電共作。爾其靜也，體象皎鏡，星開碧落。浮滄海兮氣渾，映青山兮色亂。為萬物之群首，作眾材之壯觀。五石難補，九野環舒。星辰麗之而照耀，日月憑之而居諸——」

蒼涼的語聲，劃破黑夜山林的靜寂，聽來卻是那麼的詭譎。

那四個少女面上露出了詭異的神色，詫異的盯著杜惡，顯然並不知道他是在吟什麼。

毒閻羅面蒙黑巾，沒有人看到他的神情變化，可是杜惡「爾其動也」四字出口那剎那，他的身子卻顯然一震。

杜惡的語聲方一頓，毒閻羅截道：「這是碧落賦！」

「正是！」杜惡一笑，道：「想不到閣下一聽就知道。」

毒閻羅道：「我讀書雖不多，這首碧落賦也沒有讀過，卻聽過。」

杜惡道：「江湖上的名人，縱然目不識丁，這首碧落賦相信也會聽過，而且會穩記心頭。」

毒閻羅乾笑一聲，道：「杜殺是碧落賦中人？」

杜惡反問道：「你說是不是？」

毒閻羅冷笑，道：「日月星風雨雲雷，他是哪一樣？」

杜惡道：「你沒有知道的必要。」

毒閻羅沉默了下去。

杜惡道：「我說的話也就是我家主人說的話。」

毒閻羅一聲冷笑，道：「憑你一個奴才，也敢膽如此說話？」

杜惡道：「留下你的眼睛，舌頭，還有一雙手，滾！」

毒閻羅道：「好一個奴才，大膽。」

杜惡悶哼一聲，道：「將性命也留下！」

語聲一落，他手中燈籠就飛了起來，飛上了半空。

「撲」一聲，那盞燈籠半空中突然粉碎，燈火流星般四射。

毒閻羅右手衣袖即時飛雲般捲出，呼一般勁風，直捲向半空中流星般四射的燈火。

那些燈火立時飛蠅般亂射，一點點迅速熄滅。

杜惡臉色一變，道：「好一手飛雲袖。」

毒閻羅道：「你也知道這是飛雲袖！」

杜惡道：「飛雲袖乃是海南秘傳的武功，你是海南派的弟子？」

毒閻羅冷笑道：「好利的眼睛。」一隻右手突然在衣袖中穿出來。

那隻手白堊也似，毫無血色，指縫間寒芒亂閃。

杜惡的身子那剎那疾向上拔了起來，幾點寒芒疾從他的腳下射過。

他一聲暴喝，身形半空中一折疾向毒閻羅撲下。

毒閻羅那隻右手一翻再翻，又是數十點寒芒射出！杜惡半空中撲落的身形隨一換，「霍霍霍」一連三個斛斗，倒翻了出去。

數十點寒芒先後射空！

杜惡第三個斛斗翻出，身形已著地，手一揮，「忽哨」的一聲，一條烏黑閃亮的東西射向毒閻羅的面門！

那條烏黑閃亮的東西只有線香粗細，末端尖銳如利針，長足有一丈過外。

這樣的一種兵器竟然能夠藏在衣袖之中，奪袖飛出攻擊敵人，實在是出人意料。

毒閻羅也是意外，但他反應的敏銳，身形變化的迅速，實在是非同小可，那剎那半身一轉，正好將那條烏黑閃亮的東西閃過去。

那條烏黑閃亮的東西在毒閻羅胸前三寸射過，正射在毒閻羅身後一株碗口粗大的樹幹上。

「颼」一聲，那條烏黑閃亮的東西被那株樹幹纏個正著，那株樹幹幾乎同時「刷」的斷下。

烏光一閃，那條東西一捲而回。

毒閻羅身形一凝，冷冷的盯著杜惡，道：「這是什麼東西？」

杜惡道：「劍！」

毒閻羅道：「碧落賦中人果然不比尋常，就連劍也與一般不同。」

杜惡道：「你本來可以保住一條命的，可惜你現在就是留下雙眼一舌雙手，也還是非將性命留下來不成了。」

毒閻羅道：「憑你？」

杜惡道：「死而後已！」劍一閃飛射，一連十三劍！

毒閻羅雙腳迅速移動，身形一剎那竟十三變，正好將來劍一一避開，道：「好劍法，只可惜變化奇詭有餘迅速卻有限。」

杜惡冷笑，長劍飛射。

毒閻羅身形迅速變換，一面將來劍閃開，一面道：「若換是平日，不等你的劍出手，只聽到碧落賦，我已經不敢再逗留，因為我到底只是一個常人，焉敢與天人爭鋒！」

杜惡劍出不停，一面道：「現在與平日有什麼不同？」

毒閻羅道：「現在我心已如枯灰，生死已不放在心上，一個人連死都已不怕，還會怕什麼？」

杜惡劍一停，道：「你只有一個兒子。」

毒閻羅道：「只有一個。」

杜惡冷笑道：「你這個兒子卻被人刺殺，所以你非要找到兇手不可？」

毒閻羅反問道：「你有沒有兒子？」

杜惡道：「一個也沒有。」

毒閻羅道：「那麼我現在的心情你是絕對不會了解的。」

杜惡道：「難道他的命比你的還要緊？」

毒閻羅道：「要緊得多。」

杜惡道：「你雖然蒙住整個頭顱，但，憑我的經驗，你不像一個老人。」

毒閻羅道：「事實不是。」

杜惡道：「你可以再娶妻生子，難道你已經沒有能力再生孩子？」

毒閻羅語聲一沉，道：「住口！」

杜惡大笑道：「原來如此，難怪你不惜性命，不惜開罪碧落賦中人。」

毒閻羅沉聲道：「不錯！」身形電射而前，手一抬，點點寒芒疾射向杜惡。

杜惡身形飛閃，百忙中問一聲：「你的又是什麼暗器？」

毒閻羅應道：「針！」

杜惡道：「閻王針？」

毒閻羅道：「閻羅用的針不叫閻王針叫什麼針！」這句話說完，他混身上下突然出現了一團慘綠色的寒芒，都是針！

——閻王針！

那剎那之間，他的一雙手上下移動，也不知變換了多少個姿勢，就只見無數掌影，在他的身子前飛閃，一道道寒芒也就從他的指縫射出來。

那些閻王針每一支都是那麼的細小，要將氣力貫注在上面已經不容易，何況一發就是如此多？

每一支的閻王針顯然都非常的狠勁，尤其是每一支都是藍汪汪的，分明已淬上劇毒。

杜惡也想不到毒閻羅那剎那之間竟然能夠發射出那麼多的閻王針，面色一變再變身形亦自一閃再閃。

一閃之間他最少要換了七八個姿勢，毒閻羅那些閻王針竟然完全都給他閃避開去。

毒閻羅看在眼內，冷笑道：「好，碧落賦中人難怪名動江湖，就連手下的一個奴才，也居然有如此靈活的身子！」

每說一個字，他的身形就掠前一尺，一雙手同時間移動七八次，每一次移動，就有幾道寒芒出來！

他話說得非常快，身形雙手更加快，杜惡每一個字都聽得很清楚，卻看不清楚毒閻羅撲前的身形，就只見一團慘綠色的光芒迎面飛撞過來。

這一驚實在非同小可，杜惡不暇細思，身形箭也似暴退。

在他的身後有一株松樹，樹幹卻也有碗口大小，可是一挨上他的身形，立即就「劈拍」一聲斷折。

他的身形並沒有因此緩下，一退丈八，已到了天塹的邊緣，也不知他是否早已算準了距離，眼看就要墜下天塹那剎那，身形猛一頓，橫裡疾射了出去。

在他停留過的地上，幾乎同時出現了一支支的閻王針，無不是沒入土中。

毒閻羅身形不停，緊追在杜惡身後，整個人彷佛已變成一團慘綠色的光球。

從表面看來，相信很少人看得出他那些閻王針藏在身上的哪一部份，但從他的動手看來，他身上任何的一部份彷佛都收藏著閻王針。

一個人在身形移動得那麼迅速之間，仍然能夠發射出那麼多，那麼小的暗器，實在匪夷所思，數量之多，更就駭人。

他追擊杜惡，簡直就有如附骨之蛆。

杜惡倒拖逾丈長劍完全沒有還手的餘地，他的身形絕不比毒閻羅稍慢，左閃右避，在閻王針射到之前，先行避開。

兩人在輕功的造詣看來差不多，但是在明眼人看來，杜惡比毒閻羅又何止相差一籌。

毒閻羅非獨追得那麼近，而且還不停發出暗器，這毫無疑問，對他的身形影響很大。

他若是不發暗器，絕對可以迅速將杜惡追截下來，可是他沒有這樣做。

大概他知道暗器一停下，杜惡就可以還擊，他不想杜惡有還擊的機會。

月光燈光的輝映之下，兩條人影鬼魅也似飛閃在林木間，只瞧得那四個少女眼花撩亂。

她們的臉上，終於露出了驚駭之色，也不知是驚於毒閻羅的暗器，還是杜惡的身形。

她們的視線都追著兩人迅速的移動，但突然一頓。

毒閻羅與杜惡的身形也正在這個時候停下。

杜惡先停下，停得是那麼的突然，然後毒閻羅，其間相差只不過彈指光景。

杜惡的面色非常難看，神情不止凶惡，還猙獰之極。

毒閻羅一雙手已縮回袖中，沒有再射出閻王針，那雙手甚至背負起來，冷冷的盯著杜惡。

杜惡第一個開口，道：「你的判斷果然並沒有錯誤。」

毒閻羅道：「沒有十分把握，我是絕對不會出手的。」

杜惡道：「千古艱難唯一死，這句話實在有些道理。」

毒閻羅道：「你若是不怕死，不管我的閻王針是否射在身上，我的閻王針反而沒有那麼容易射在你的身上。」

杜惡道：「你居然真的膽敢殺我，倒是大出我意料之外。」

毒閻羅語聲一沉，道：「沒有人膽敢開罪碧落賦的人，這是事實，可惜我已經淡薄生死，遇上我，是你的不幸！」

杜惡道：「不過我亦可以肯定說一句，在黃泉路上，我是絕不會候你多久！」

語聲一落，身形驟起，丈長劍颼的飛射向毒閻羅的胸膛。

毒閻羅視若無睹，但長劍將要刺到他胸膛的剎那，他的身形已偏開。

這時間拿捏的準確，實在驚人。

長劍幾乎是貼著他的胸膛刺過，「奪」地刺入他身旁一株松樹的樹幹之上，穿過樹幹。

毒閻羅的身形旋即標前，一雙手疾從衣袖中穿出，左擊杜惡持劍手腕，右截杜惡咽喉。

杜惡抽劍已不及，鬆手也不及，他所有的動作這時候竟變得異常的呆滯。

毒閻羅的左手正擊在杜惡的持劍手腕之上。

「啪」一聲，杜惡的右腕被擊碎，整張臉痛得全都抽搐起來，可是他仍然及時一偏上半身，閃開截向咽喉的那隻手。

他的左手更加快，五指如鉤，抓向毒閻羅的面門，食中指分插毒閻羅左右眼，還有的三隻手指卻捏向毒閻羅的鼻樑。

從他這隻右手的迅速看來，他顯然仍有力反擊。

食中指一插中，毒閻羅一雙眼非瞎不可，捏向鼻樑那三隻手指亦足以將毒閻羅的鼻樑捏碎。

他混身的氣力已經集中於這一擊之上。

這一擊就連毒閻羅也意料不到，但，間不容髮的那剎那還是給他避開去。

杜惡的五指卻仍然抓住了毒閻羅的蒙面黑布。

裂帛一聲，那塊黑布被撕下來。

毒閻羅藏於黑布後面的面龐立時出現在杜惡面前，杜惡看在眼內，面色驟變，瞳孔暴縮，失聲道：「你……」

一個「你」字甫出口，一蓬慘綠色的寒芒就射在他的面上。

——閻王針！

百數十枚閻王針剎那從毒閻羅的袖中手中射出，將杜惡面龐射成了蜂巢一樣。

杜惡竟然不知道閃避，那剎那一呆，慘呼，暴退！

在他身後不遠就是斷崖，一腳踏空，直往下飛墜，這時候，他的身子已顯得有些僵硬。

閻王針毒性霸道，何況中上那麼多。

那個天塹筆直如削，便是好好的一個人墜下去，只怕也是性命難保，杜惡這樣跌下去，若是還能夠生存，簡直就是神話了。

杜家莊之內有人能夠化解閻王針的毒藥，所以龍飛才不惜黃夜將公孫白送來。

杜惡自己亦曾經說過，無論身負多重的傷，只要進入杜家莊，便絕對死不了，他既然是杜家莊的人，對於杜家莊的情形當然比誰都清楚。

是以閻王針他根本不放在眼內。

公孫白中了閻王針幾個時辰仍然死不了，可見得這種閻王針就是毒也毒不到哪裡去。

卻不知公孫白所中的閻王針事實並不是毒閻羅用來殺人的那一種，到他知道的時候已經遲了。

毒針一入血，毒性就發作，杜惡立時覺得有如萬蛇鑽心，他知道除非立即逃返莊內，否則大羅神仙也束手無策。

他當然亦知道，毒閻羅絕不會讓自己離開，憑毒閻羅的武功，也絕對可以將自己截下來，所以他只有全力拚命一搏。

毒閻羅仍然輕易將他擊倒，他卻也撕破毒閻羅蒙面的黑布，終於看見了毒閻羅的面龐，當場卻一呆。

那剎那他心中的驚訝實在難以形容。

正因如此，毒閻羅射向他面門那些毒針無一落空。

毒閻羅經年黑布蒙面，據說沒有人見過他的相貌，到底，他是怎樣的一個人？沒有人清楚，江湖上的朋友亦只在揣測而已。

杜惡也許是唯一看見他真面目的人，一瞥之下，卻如此驚訝。

到底是什麼令到他如此驚訝？

是毒閻羅的面龐與常人迥異，抑或是他認識的一個人？

這始終是一個秘密。

杜惡雖知道，卻帶著這個秘密墜下天塹。

那四個少女？

她們並沒有看見毒閻羅的面龐，卻都知道毒閻羅蒙面的黑布已經被撕下，一雙雙眼睛立時都睜得大一大，盯穩了毒閻羅！

在她們來說，那莫非也是一個秘密？

毒閻羅始終是背向著她們，閻王針出手，身形與杜惡暴退同時，陡然疾向上拔了起來。

那之上枝葉濃密，簌一聲，毒閻羅消失其中。

夜風吹急，樹葉被吹得簌簌的作響，那彷彿都是毒閻羅發出來的聲響，他的人現在到底藏身哪裡？

那四個少女沒有東張西望，只盯著毒閻羅身形消失的那片枝葉。

那片枝葉仍然在簌簌的顫動，四個少女的身子不知何故亦顫抖了起來。

她們的面上都露出了驚慌之色。

樹林中旋即響起了毒閻羅的聲音：「你們很想看見我的本來面目？」

語聲飄忽，不知從何而來，既似從天上降下，竟又似從地底湧出。

四個少女不由自主的點頭，一個脫口道：「很想的。」

毒閻羅道：「因為你們以前曾經見過我的本來面目，見過我本來面目的人，沒有不想再見的。」

四個少女都一齊點頭，晶瑩的眼瞳都變得迷濛起來，就像是蒙上了一層霧。

她們顯然都想起了什麼。

是不是想起了毒閻羅的本來面目？若是，從她們的神態看來，毒閻羅的本來面目只怕已深印在她們的腦海中。

毒閻羅一聲嘆息，接道：「這卻已經是多年的事情。」

一個少女道：「老爺，你……」

毒閻羅截道：「你們想必亦因為希望再見我一面，所以甘心留在我身旁，毫無怨言。」

四個少女不覺又點頭。

毒閻羅又一聲嘆息道：「你們都仍然年輕，有些道理，還是不懂——即使怎樣完美的東西，也絕不能夠永遠保存不變的，生命中一剎那的滿足，已等於永恆。」

四個少女呆呆的站著，最右的一個忽然流下兩行淚珠，幽聲道：「我明白了。」

這句話說完，她纖巧的身子忽然倒下來。

她的右手按在心胸之上，指縫間鮮血奔流，跌到地上的時候，她的右手才鬆開。

在她的心胸之上已然插著一支匕首，直沒入柄。

她手中的燈籠同時落在地上，化成一團火焰。

其餘三個少女看在眼內，驚呼失聲，一個脫口問道：「老爺，小夏她為什麼自殺？」

毒閻羅道：「她之所以留在我身旁，甚至可以說生存在世上，只為了再見我一面，現在她既然想通了，當然也就放心去了。」

那三個少女怔在那裡，看來仍然不明白。

毒閻羅接道：「這樣自殺，比你們其實幸福得多。」

一個少女道：「老爺若是肯讓我再見一面，我亦是死也甘心。」

毒閻羅道：「小春、小秋呢。」

另外兩個女孩子一齊點頭。

毒閻羅嘆息道：「這既然是你們的願望，我總得成全你們。」

嘆息聲中，他鬼魅也似凌空落下，正好落在那三個少女的面前。

在他的面龐之上，並沒有再蒙上黑巾。

那三個少女都看見了，瞳孔都幾乎同時暴縮，不約而同失聲道：「你……」

這一個「你」字出口，她們就倒了下去，咽喉上都多了三支慘綠的閻王針。

閻王針見血封喉，何況就正射在咽喉上？

她們手中的燈籠同時熄滅，就像被三隻無形的魔手同時將燈芯捏斷。

在地上燃燒的那盞燈籠，亦同時熄滅，毒閻羅的一隻腳正踩在那之上。

雜木林子之內立時暗下來。

燈火熄滅的剎那，毒閻羅的身子正蹲下，雙手抱起了小夏的屍體，他的面也緊貼在小夏的面上。

「可憐的孩子。」樹林中響起他低沉的嘆息聲。

這時候，明月已經在那邊山缺沉下，山缺中只見一蓬迷濛的光影。

從天塹湧上來的霧氣更迷離。

毒閻羅亦迷離在霧氣中，他幽靈一樣從雜木林子之內走出來，雙手仍抱著小夏的屍體，一直走到斷崖的邊緣。

迷濛的光影中，小夏的屍體從他的雙手中飛起來，飛墜下霧氣迷離的天塹。

毒閻羅又一聲嘆息。

這一聲嘆息，人已經消失。

夜風蕭索。

龍飛的心頭亦是蕭索之極，他手牽坐騎，轉過了那座石山，又看見了那一輪明月。

月仍是那麼圓，那麼亮，月中人卻已不見。

龍飛的目光一轉，落下，突然間凝結不動。

在他的前面，是一個大湖。

月光下湖水泛起了一層銀色的光輝。

那一層銀色的光輝中，一團團碧綠色的光芒，螢火般閃動。

是燈光。

湖面上赫然有兩行石燈露出來，那兩行石燈當中空出了兩丈寬闊一段距離。

那些石燈的形狀非常奇怪，絕不是一般人家，也不是日常所見到的那樣子。

龍飛的印象中，只是從一間古剎之中曾經見過類似的石燈。

當時他曾經請教過古剎的僧人。

一個年老的僧人告訴他那是數百年之前的東西。

古剎中那些石燈大都殘缺不全，現在湖面上那些古燈，亦都很完整。

那些石燈無疑都是建築在湖底，湖水若不是只淺不深，單就這一項工程已經驚人。

石燈中燃燒著的也不知是什麼，射出來的燈光竟然是碧綠色。

碧綠得有如螢光。

九 杜殺

燈光與水光、月光輝映，每一盞石燈都裹在一蓬碧綠色的光芒中，彷佛都透通，遠一些的驟看來，簡直就不像石造，而是用水晶、翡翠一類東西雕刻出來。

在兩行燈光的盡頭，有一座宮殿——碧綠色的宮殿！

那座宮殿的四周，都點綴著碧綠色的燈光，那些燈光而且螢光般不住閃爍。

一種難以言喻的神秘，幽然在其中散發出來。

那座宮殿也竟就建築在湖面上，宮殿的基層，赫然是一條條的柱子。

每一條柱子都嵌著一盞燈，碧綠色的燈。

整座宮殿驟看來就像天外飛來，簡直就不像人間所有。

龍飛儘管見多識廣，幾曾見過這樣的地方，哪能不目定口呆？

也就在這個時候，湖面上出現了一團白色煙霧。

一艘小舟從煙霧中幽然穿出，在兩行石燈中穿過，直向龍飛這邊移來。

煙霧仍然將整艘小舟裹住，雖然淡，仍然看得到，彷彿根本就由那艘小舟散發出來。

那艘小舟整艘都是白色，在白色的煙霧包裹中，一似由煙霧凝成，隨時都會煙霧般消散。

在小舟之上，站著一個人——一個白衣的女人。

一個彷佛也是煙霧所凝成，隨時都會消散的女人。龍飛看得不怎樣清楚，一直到那艘小舟泊岸，也仍然看得不怎樣清楚。

他的眼睛彷佛被煙霧籠罩，耳朵也好像變得沒有平日那麼的靈敏。

因為那個女人的聲音現在他聽來也竟是彷彷佛佛。

那個女人雙手拿著一支雪白的竿子，在水中一插，穩定了小舟，道：「馬留在岸邊，抱起公孫白，上舟跟我來。」

她的語聲很溫柔，很悅耳，分明是人聲，卻又不像是人聲。

最低限度，龍飛就從來沒有聽過一個這樣溫柔，這樣悅耳的人聲。

他也從來沒有見過一個這樣溫柔，這樣美麗的女孩子。

那個女孩子很年輕，總之很年輕，但絕不是一個小孩子。

年輕的女孩子的年紀本來就不容易肯定，那個女孩子就更加難以肯定。

她非獨年輕，而且美麗，形容美麗而年輕的女孩子古來有很多詞句，龍飛雖然不至於全都背誦，但知道的相信絕不會比任何人少，他的腦筋也非常靈活，可是他現在連一句也都想不出來。

事實也沒有一句足以形容那個女孩子的美麗風姿。

——人間竟然有這樣美麗的女孩子？

龍飛忽然留意到那個女孩子的衣飾，那種衣飾他幾乎立即肯定，絕不是現在這個朝代所有。

他卻是從一些壁畫中見過類似的衣飾。

那些壁畫是唐代的遺跡。

唐朝距離現在已經好幾百年了。

——那個女孩子難道是幾百年之前的人？

龍飛心頭一片迷惑，他苦笑一下，將公孫白從馬背上抱下來，身形一縱，掠上了那艘小舟。

小舟立即轉向那邊宮殿蕩回去，龍飛標槍也似站立在舟上，身形絲毫也不受影響，是那麼穩定。

距離這麼近，他當然已能夠看清楚那個女孩子。

那個女孩子的肌膚就像是象牙雕琢出來的一樣，是那麼光滑，那麼柔和，那麼潔白，那麼動人。

她好像發現龍飛在打量自己，笑笑，道：「我有什麼好看？」

龍飛一怔，道：「姑娘若是不好看，還有什麼好看呢？」

少女又笑笑，忽然道：「以我所知，你不是那種油腔滑調的人。」

龍飛又是一怔，道：「姑娘你認識我？」

少女道：「一劍九飛環，已經足以說明你是誰。」

龍飛道：「用這種兵器的人，相信絕非我一個。」

少女道：「然而除了龍飛，又有誰敢與毒閻羅作對？」

龍飛道：「這裡的消息倒也靈通。」

少女道：「嗯。」

龍飛目注著那個少女，道：「我說的卻都是老實話。」

少女臉龐微紅，更見動人，她笑笑，道：「聽說你是一個老實人。」

龍飛道：「有時我也說謊的。」

少女道：「你方才說的，相信也是了。」

龍飛搖頭，道：「不是。」

少女微喟道：「一個人好看與否，其實有什麼關係。」

龍飛道：「但無論如何，好看總比不好看好。」

少女笑笑道：「這應該是的。」

龍飛轉問道：「這裡是否有位叫做翡翠的姑娘？」

少女道：「我看你不認識她？」

龍飛道：「不認識，姑娘怎麼說得這樣肯定？」

少女道：「因為我就是翡翠！」

龍飛怔住在那裡。

翡翠接道：「你大概是從公孫白那裡聽到我的名字。」

龍飛沒有否認。

翡翠又說道：「公孫白其實也一樣不認識我，所以知道翡翠這個名字，相信完全是因為水晶。」

龍飛脫口道：「水晶人？」

翡翠道：「公孫白告訴你的？」

龍飛道：「他說的卻也不多，我其實只在推測，不敢太肯定。」

翡翠道：「你應該是一個聰明人。」

龍飛道：「哦……」

翡翠截口道：「水晶，不錯，就是武林中所稱的水晶人。」

龍飛道：「她是一個人？」

翡翠道：「可以這樣說。」

龍飛奇怪道：「姑娘，這句話我不明白。」

翡翠道：「有些事，不明白比明白更加好。」

龍飛無言。

翡翠倏的嘆息一聲，道：「水晶是個可憐的人。」

龍飛重覆道：「可憐人？」

翡翠道：「她若不是人，反而更加好。」

龍飛道：「如何好？」

翡翠道：「人就會有情——情到深時，就會變恨了。」

龍飛搖頭，道：「不一定的。」

翡翠道：「你難道沒有聽說過一句話？」

龍飛道：「多情自古空餘恨？」

翡翠聞言頷首。

說話間，小舟已來到那座宮殿之前。

那座宮殿竟真的建築在水面上。

一條條粗大的石柱突出水面，那座宮殿也就在那些石柱上建築起來。

遠看來，那些宮殿倒不覺得怎樣，接近了，龍飛才發覺那座宮殿比他想像的還要廣闊。

宮殿中燈火輝煌，一道寬闊的石階從殿門前斜斜插入湖水之中。

翡翠將小舟停在石階前，道：「將公孫白放在小舟裡，你進去宮殿之內好了。」

龍飛道：「公孫兄——」

翡翠道：「他中了閻王針，隨時都會氣絕是不是？」

龍飛道：「是……」

翡翠道：「我現在就送他去醫治他中的毒針。」

龍飛道：「那麼我……」

翡翠道：「你既不懂得醫治公孫白的毒傷，在一旁有何作用？」

龍飛不能不點頭，轉問道：「這座宮殿是什麼地方？」

翡翠道：「你知道是一座宮殿已經足夠了。」

一頓又接道：「好了，不妨告訴你知道，有人在殿內等你。」

龍飛道：「誰？」

翡翠道：「他姓杜，是杜家莊的主人。」

龍飛不覺追問道：「杜什麼？」

翡翠語聲一低，道：「杜殺！」

龍飛一皺眉，那剎那之間，他的思想風車般疾轉，可是他印象之中，並沒有這個名字。

翡翠看在眼內，道：「你不會認識他的，以『殺』字來做名的人，亦可以說，絕無僅有。」

龍飛道：「這個字的確不適合做名字。」

翡翠道：「在一般人的思想，的確是這樣的。」

龍飛奇怪的問道：「他到底是怎樣一個人？」

翡翠笑笑道：「你進去一看，不是知道了。」

龍飛道：「不錯！」目光又落在公孫白的面上。

翡翠道：「你果然是一個俠客。」

龍飛正想說什麼，翡翠話已接上，道：「在這裡，難道還放心不下？」

龍飛一笑道：「一切拜托了。」將公孫白在舟中放下，一長身又掠上了那道石階。

翡翠也沒有再說什麼，竿子一點，小舟向左邊蕩了開去，轉了一個彎，消失在迷濛的碧綠燈光中。

龍飛目送小舟消失，才舉步走前。

◇

石階雪也似，月光燈影下隱泛光澤，就像是玉砌成的一樣。

龍飛走在那之上，忽然有一種高處不勝寒的感覺。

他有生以來，從未到過一處這樣的地方。

這簡直已非人間所有。

燈光下，他看得非常清楚，那座宮殿的每一部份都是精緻之極。

每一部份的結構，以至雕刻的紋理，也不是一般所能夠見得，他現在簡直就走進一個數百年之前的境地之中。

——這應該就是杜家莊了，怎會這樣的？這到底是什麼地方？

——杜家莊的主人到底是什麼人？

龍飛的腳步不由得快起來。

◇

宮殿寬敞而高大，當門有一面雲壁。

那面雲壁差不多與宮門同樣的寬敞高低。

雪白的雲壁，刻著無數字。

龍飛的目光落在雲壁之上，腳步又停下。

——爾其動也，風雨如晦，電電共作。

爾其靜也，體象皎鏡，星開碧落。

浮滄海兮氣渾，映青山兮色亂，為萬物之群首，作眾材之壯觀。

五石難補，九野環舒，星辰麗之而照耀，日有憑之而居諸……

雲壁上刻著的赫然是碧落賦。

「雲梯非遠，天路還賒，情恆寄於綿邈，願有托於靈槎。」龍飛一面看，一面讀，詫異之色更加濃。

——這是碧落賦。

——看雲壁上的字已刻下多年，這戶人家到底是什麼人家？怎會將碧落賦刻在家門中？

那剎那之間，龍飛突然省起了一件事，面色突然間一變。

也就在這個時候，一個聲音從殿內傳出：「龍飛麼？」

龍飛不覺應道：「是我。」

那個聲音接問道：「你在看什麼？」

溫柔的聲音，很悅耳，可是龍飛竟然分辨不出那是女人的聲音，還是男人的聲音。

他卻已從聲音中聽出，說話的那個人的內功修為，已到了登峰造極的地步。

——這說話的人莫非就是杜殺？

他心念一動，應道：「碧落賦？」

那個聲音道：「你知道那個碧落賦？」

龍飛道：「大概在十歲之前，我已讀過了。」

那個聲音道：「那麼你還看什麼？」

龍飛道：「我實在奇怪，為什麼你們將碧落賦刻在壁上，放在大門內。」

那個聲音道：「一個人好奇心太重，有時並不是一件好事。」

龍飛道：「有時的確是。」

那個聲音道：「你的心中現在大概已想到什麼。」

龍飛沒有否認，道：「我想起了一件事情。」

那個聲音道：「是前輩高手告訴你的事情？」

龍飛道：「是。」

那個聲音道：「你是一個老實人——我喜歡老實人，非常喜歡。」

龍飛道：「不知道……」

那個聲音截口道：「你進來。」

龍飛道：「現在就進來？」

那個聲音道：「是！」

龍飛道：「閣下是不是……」

那個聲音道：「我就是這裡的主人，姓杜，單名殺。」

──果然是杜殺！

龍飛一個念頭未轉過，那個聲音已接道：「你可以直呼我的姓名──杜殺！」

龍飛一怔，道：「豈敢！」

杜殺叱道：「還不進來！」

龍飛突然感覺到一種難以言喻的威嚴，不由自主的舉步走進去。

那片刻他的思想並沒有停頓，只想著一件事。

──杜殺到底是怎樣的一個人？

燈光輝煌。

龍飛沐在輝煌的燈光之下，一身錦衣更顯得燦爛，他雖則一路策馬狂奔，風塵僕僕，但體力消耗到底不多，稍經休息，即恢復過來，現在絲毫倦態都沒有，腰身標槍也似的挺直，意氣騰驤，風流倜儻，高視闊步，儼然就王侯公子一樣。

這座宮殿雖然是如此華麗，他置身其中，一些也不覺寒酸。

他有生以來，從未進入過宮殿，儘管他武功如何高強，畢竟是一個平民百姓。

當今天子也許亦聽過他的名字，但無論如何，總不會召他入宮，在現在這個承平之世，一國之君與一般平民百姓根本沒有可能發生任何關係。

一些轟動江湖的江湖大事，與國家大事，既不能混為一談，更完全不能拿來相比。

江湖大事最多不過影響千百個江湖人的生死，國家大事卻往往關係整個國家，所有國民的存亡。

所以一些江湖大事在江湖人的心目中，是那麼動魄驚心，傳入帝王家，見識一下。

人總有好奇心的，龍飛也沒有例外。

憑他的本領，闖入禁宮大概還不成問題，但可以肯定，以後的麻煩勢必多得要命。

沒有必要，相信沒有人願意惹這種麻煩，龍飛當然是不會例外。

所以帝王家的種種他只是透過種種的傳說，種種記載，約略有一個極之虛泛的印象。

現在這個地方，與他印象中的宮殿倒非常相似。

——這毫無疑問就是一座宮殿，杜殺難道竟然是一個帝王？

十　天人

輝煌的燈光照耀之下，那些本已華麗的陳設更加顯得華麗，龍飛看在眼內，不由浮起了那樣的念頭。

在他的面前是一道晶瑩的水晶簾，燈光下，異采流轉，宛如一道瀑布，亦似倒掛天河。

水晶簾中隱約坐著一個人。

龍飛看不清楚那個人，那個人卻好像已經看清楚了龍飛。

龍飛方在水晶簾之前停下腳步，水晶簾後那個人就隱約可見連連在點頭。

杜殺威嚴的聲音旋即在水晶簾後透出來，道：「很好，很好。」

龍飛奇怪問道：「什麼很好？」

「我是說你這個人。」杜殺緩緩道：「很少人像你這樣鎮定的。」

龍飛道：「哦？」

杜殺道：「以前你可有進過這種地方？」

龍飛道：「沒有。」四顧一眼，才接道：「這裡佈置的華麗，無疑是令人非常驚訝……」

杜殺截道：「你也沒有例外？」

龍飛道：「也沒有。」

「我看你卻是若無其事。」

「這大概是因為我平生遇到的奇怪的事情，奇怪的地方太多。」

「是麼？」

龍飛試探道：「這兒好像是一個宮殿。」

「本來就是的。」

「很多年了？」

「這座宮殿建築在七百多年之前，距離現在，正確的時間是七百三十九年三個月，另一個十九日。」

「你記得這麼清楚？」龍飛也實在有些詫異。

杜殺道：「宮中的歲月古來不易消磨，空閒的時間既然是那麼多，自不免數數日子，一遍記不穩，千百遍之後，就會記得很清楚了，何況——」

一頓才接道：「我的記性一向都很好！」

龍飛怔怔的聽著，忽然道：「聽你這樣說，你好像在這裡已住了七百三十九年三個月另一十九日。」

杜殺道：「是事實。」

龍飛沉默了下去。

杜殺接問道：「你不信。」

龍飛嘆了一口氣，道：「人生七十古來稀。」

杜殺笑道：「人的確很少活到七十歲。」

龍飛脫口道：「你難道不是……不是一個人？」

杜殺道：「我可以說也是一個人——只是另外一種人。」

龍飛追問道：「又是哪種人？」

「天人！」

◇◇◇

——天人又是怎樣的一種人？

龍飛正想再問，杜殺已接道：「這座宮殿完成的時候，我已經到來人間。」

龍飛又嘆了一口氣，道：「這是說，現在你最少也已經有七百多歲了。」

杜殺道：「若是由我到來人間那一天開始計算，可以這樣說。」

龍飛嘆氣道：「然則你……」

杜殺道：「我真實的年紀是一個秘密。」

龍飛道：「嗯。」

杜殺道：「女人的年紀，本來就是一個秘密。」

龍飛脫口道：「你，是一個女人？」

「難道你以為我是一個男人？」

龍飛苦笑。

杜殺道：「也許我的聲音實在太像男人的聲音了。」

龍飛苦笑道：「事實是我分辨不出來。」

杜殺道：「男女不分，這更加糟糕。」

龍飛只有苦笑。

杜殺接道：「一個人老了，聲音難免就會發生變化，天人也不例外。」

她嘆息又道：「我也實在太老了。」

龍飛只有聽著，一時間他也不知道應該說一些什麼。

——七百歲的老女人又是什麼樣子？

他實在奇怪。

杜殺即時道：「你掀開水晶簾子，進來。」

龍飛幾乎立即舉步走上前，將那道簾子掀開。

一股濃重的殺氣剎那迎面迫來。

龍飛「嗯」一聲，一隻手不覺已落在劍柄上！

沒有人向他迫近。

在他的周圍兩丈，一個人也都沒有，可是他卻感覺到殺氣撲面。

就像有一支劍迎面刺來，必殺的一劍。

只有武功高強，殺人如麻的高手、殺手，才能夠發出那麼濃重的殺氣，這是龍飛的經驗。

好像這樣的殺手、高手，龍飛先後遇過很多個，然而當他感覺到這麼濃重的殺氣，對方的兵器即使仍未出擊，人距離他已最多不過幾尺。

現在他周圍兩丈之內仍未見人。

那剎那龍飛不禁心頭一凜。

杜殺的聲音即時又傳來，道：「你怎麼這樣緊張！」

龍飛那剎那亦已看見了說話的那個人——杜殺。

那是一個老婦人，高坐在丹墀之上，很老很老的老婦人，滿面皺紋，刀刻一樣。

她的頭上一根黑髮也都已沒有，銀針一樣，白而亮，在頭頂挽了一個髻。

那個髮髻的形式，已不是這個朝代能夠看見，插在那之上的幾種飾物，亦是形式古拙。

她身上所穿的衣服與翡翠一樣，也只是唐朝遺下的壁畫中能夠看見。

——這個人難道就是杜殺？

龍飛目光甫落，不期就生出了這種疑心。

那個老婦人的相貌實在太慈祥。

看見她的人，無論相信都會懷疑。

比起任何一個吃長素的老太婆，她那份慈祥相信都是只有過之，並無不及。

最低限度，龍飛就從來沒有見過一個這樣慈祥的老婦人。

可是說話卻分明出自那個老婦人的口中。

那個老婦人的目光亦是慈祥之極，一個發出那麼濃重的殺氣的人，目光又怎會這樣慈祥？

——難道這股殺氣是來自別人？

龍飛心念方動，那個老婦人已接道：「你在懷疑我是否杜殺？」

龍飛不由自主的點頭。

那個老婦人竟好像看到龍飛心深處，道：「無論怎樣看來，那股殺氣都絕不像發自我的身上，是不是？」

龍飛應道：「實在不像。」

「你再看！」老婦人的雙眼突然射出兩道寒人的光芒，就像是兩支劍一樣向龍飛射來。

龍飛心頭不禁又一凛。

老婦人接問道：「你現在可相信？」

龍飛頷首，道：「這實在大出我意料之外。」

老婦人道：「杜殺本來就不像一個女人的名字。」

龍飛道：「老人家真的就叫杜殺？」

老婦人道：「你還懷疑什麼？」

龍飛搖頭，道：「這其中會不會另有意思？」

杜殺道：「你非常聰明。」緩緩沉聲道：「我因為殺念太重，所以才會被貶落凡塵，天賜我杜殺這個名字，就是在告誡我不要再妄動殺念！」

龍飛道：「看來在人間這七百多年來，老人家的殺念並沒有完全消弭。」

杜殺道：「已經消弭不少了。」

龍飛道：「常人動殺念，就是要殺人，天人動殺念，又如何？」

杜殺道：「也是要殺人！」

龍飛皺眉道：「哦？」

杜殺道：「坐。」手指丹墀下一個錦墊。

她那雙眼睛已回復方才那樣的慈祥，可是那股殺氣龍飛仍然感覺存在。

他緩步走到那個錦墊旁邊，坐下來。

站著他已經感覺到杜殺帝王般的威嚴，一坐下，這種感覺更加濃重了。

杜殺看著他，笑笑道：「很不習慣是不是？」

龍飛並沒有否認，點頭道：「嗯。」

杜殺道：「你是這裡的客人，本該請你坐在我身旁，可惜你若是坐在我的身旁，無論你怎樣坐都會比我高，我不喜歡別人看來比我高。」

龍飛笑笑。

杜殺道：「這裡已經很多年沒有客人了。」

龍飛道：「能夠在這裡作客，在我實在是一種榮幸。」

杜殺道：「是真的？」

龍飛道：「我從來沒有到過一個這樣華麗的地方。」

杜殺道：「這裡的華麗，已沒有任何的地方比得上。」一頓道：「若是你早七百年到來，肯定你絕對不會懷疑我的說話。」

龍飛道：「可惜我只是一個凡人，能夠活上七十年，已經是不易，何況七百年？」

杜殺盯著他，道：「你仍在懷疑？」

龍飛點頭道：「因為我只是一個凡人，對於這種事情難免有些懷疑。」

杜殺道：「可惜我也不能提供你什麼證據。」

她淡然一笑，接道：「七百年之前的事情，就是告訴你，是非真偽，你也是分辨不出。」

龍飛道：「嗯。」

杜殺道：「我既不能夠向你證明，在七百年之前就已存在，那你無妨就將我當做一個只不過七十歲的老婆婆。」

龍飛道：「這可有影響？」

杜殺道：「並沒有。」

龍飛轉過話題，道：「這裡實在是一個非常秘密的地方。」

杜殺道：「也許你甚至懷疑這個地方的存在。」

龍飛道：「不瞞老人家，方才我其實有一種感覺——以為自己不過做夢。」

杜殺道：「我明白。」

龍飛道：「建造一個這樣的地方也不容易。」

杜殺道：「若是以人力建造，的確不容易。」

龍飛唯有苦笑。

杜殺道：「這裡就只有一個進口，本該封閉的了，只因為公孫白，延到現在。」

龍飛奇怪道：「與公孫兄有什麼關係？」

杜殺道：「他沒有跟你說是怎樣得到那張地圖？」

龍飛道：「沒有，只說過那張地圖的功用。」

杜殺道：「那種地圖是賜給對本宮曾經有恩惠的人，所謂恩惠，我很難給你一個明白，卻可以絕對肯定，不會再出現了。」

龍飛在聽著。

杜殺道：「本宮絕對不願意接受他人的恩惠，然而有時卻不由自己，那只有予以償還，地圖也就是信物，無論那個人有什麼困難，只要他們保留著本宮給他的信物，將信物送回來，本宮都會盡全力替他解決。」

龍飛道：「解決不來呢？」

杜殺道：「沒有事情本宮解決不來的，正如這一次，公孫白儘管身中閻王毒針，只要他仍然有氣，來到了本宮，絕對死不了。」

龍飛道：「這是我最高興聽到的一句話。」

杜殺道：「地圖在你的身上？」

龍飛道：「老人家知道？」

杜殺道：「嗯，拿出來，拋給我。」

龍飛將那張地圖取出，向杜殺拋去。

他用的力道恰到好處，那張地圖準確平穩的凌空落下。

杜殺倏的把手一招。

那張地圖忽然像被一股無形的力道牽住，速度一快，飛投向杜殺那隻手的手心。

龍飛看在眼內，暗忖道：「這個人好深厚的內力。」

他動念未已，地圖已碎成千百片，從杜殺的手中飛出來，散落在丹墀之下。

那簡直就是魔術一樣，倘若也是內功的一種表現，杜殺的內功修為，毫無疑問已登峰造極。

「老人家的內功修為實在是晚輩生平僅見。」龍飛嘆息道：「這一次晚輩總算是大開眼界了。」

杜殺卻搖頭，道：「你以為這是一種內功表現？」

龍飛詫聲道：「不然是什麼？」

杜殺道：「說你也不明白的。」

龍飛苦笑道：「晚輩不明白的實在太多。」

杜殺道：「明白也好，不明白也好，都無關重要，離開了這裡之後，你就當是做過一場夢是了。」

龍飛道：「不知道晚輩什麼時候可以離開？」

杜殺道：「在公孫白未完全痊癒之前，我看你是不會放心離開的。」

龍飛道：「閻王針非同小可。」

杜殺道：「在一般人心目中是的。」

她緩緩接道：「江湖上七種最毒的毒針中，閻王針只是名列第四而已。」

龍飛道：「哦？」

杜殺道：「這件事你也許不知道。」

龍飛道：「確是不知道。」

杜殺道：「因為你對那些東西並沒加以研究。」

龍飛道：「然則老人家——」

杜殺眉宇間隱約浮現出一抹黯然的神色，龍飛卻沒有發覺，在他坐著的位置，要看清楚杜殺已經不容易。

那一抹黯然的神色迅速消逝，杜殺道：「天下間很少事情我不知道的。」

這並非直接回答龍飛的問題，然而她既然這樣說，龍飛也再追問不下去了。

杜殺接說道：「我知道，你與公孫白，其實也並非朋友。」

龍飛呆望著杜殺。

杜殺道：「像你這樣的俠客，現在已不多了。」

龍飛淡淡的一笑。

杜殺道：「我喜歡你這種青年人，所以我請你進來一見。」

龍飛道：「我……」

杜殺截口道：「你就在這裡住下，公孫白痊癒之後，你與他一起離開。」

一頓道：「這是你們第一次進來，也是最後一次，離開了這裡之後，最好將這裡一切完全忘掉。」

龍飛道：「一個人要記憶一件事固然不容易，要忘記一件事情，卻更加困難。」

杜殺笑笑道：「歲月催人老，也會令人的記憶逐漸淡薄。」

龍飛頷首，道：「不錯。」

杜殺上下打量了龍飛一遍，道：「你心中仍然有很多事不明白，想知道？」

龍飛道：「我是一個好奇心很重的人。」

杜殺道：「一個人好奇心太重並不是件好事。」

龍飛道：「也不是一件壞事。」

杜殺笑笑，道：「不錯不錯。」

那笑容陡然一斂，接道：「有一點我希望你穩記。」

龍飛道：「哪一點？」

「這裡不歡迎好奇心太重的人。」

龍飛沉默了下去。

杜殺盯著他，一會，又說道：「你還有什麼話說？」

龍飛微喟道：「我本來還請教老人家一件事，但老人家那麼說，我只有放在心中。」

杜殺道：「縱然你不說，我也知那是什麼事。」

龍飛道：「哦？」一臉的疑惑。

杜殺道：「你是否想知道當門那面雲壁之上為什麼刻著碧落賦？」

龍飛詫異道：「為什麼？」

杜殺道：「這個問題方才你已經問過了。」

龍飛道：「老人家卻沒有答覆我。」

杜殺道：「方才你不是也已經想到了什麼？」

龍飛一怔，道：「難道……」

杜殺截口吟道：「爾其動也，風雨如晦，雷電大作。爾其靜也，體象皎鏡，星開碧落。」

龍飛失聲道：「老人家莫非——莫非就是碧落賦中人？」

杜殺道：「我是的。」

龍飛道：「風雨雷電？」

杜殺道：「非我。」

龍飛道：「那麼日月星？」

杜殺道：「我在其中！」

龍飛四顧一眼，道：「這是宮殿，老人家莫非就是傳說中的——日后？」

杜殺道：「日后正是我！」

龍飛心頭怦然震動。

◇◇◇◇

故老相傳，武林中有一群人，住在一個非常神秘的地方，武功高強，絕非一般人所能夠匹敵。

因為他們都是來自碧落，都是天仙謫降凡塵，他們所用的，已不是武功這樣簡單。

他們也就取名於碧落賦中。

風雨雷電，驚世駭俗，卻仍得聽命於天，唯天命是從。

天也就是天帝，有日后，有夜妃，有月女星兒。

他們一旦在人間出現，整個武林必然都為之轟動，也必然有一大群邪惡之徒命喪。

武林中人稱之為天譴。

誰也不知道這「碧落賦中人」到底是凡人還是天人，卻知道，他們乃是代表著正義。

有關他們的傳說，據云已傳說了千百年。

傳說中，他們簡直與天地同壽，與日月共存。

這也許只是傳說而已，但根據歷代武林中人的記載，近這二三百年來，他們的確每隔十年就出現一次，清除武林中那些邪惡之徒。
那些記載可以肯定並沒有疑問，有些乃是在執筆人死後才發現。
綜合所有記載，每一次出現，那些碧落賦中人都是那個樣子。
他們若是真的每一次都是同一人，根據記載，他們每一個最少都已經有二三百歲的了。
凡人又怎會如此長命？

◇

——眼前這個日后看來的確已經有幾百歲的了。
龍飛不覺半躬起身子，一再仔細打量了那個杜殺幾遍，然後近乎呻吟的一聲嘆息。
杜殺盯著他，道：「這個答覆你應該滿意了。」
龍飛頷首，又是一聲嘆息。
杜殺雙掌旋即一拍，道：「來人。」
兩個白衣少女應聲從殿旁轉出，拜伏在丹墀之下。杜殺目光一落，道：「你們由現在開始侍候龍公子起居。」

兩個白衣少女無言點頭。

她們最多也不過十六七歲，雖然比不上翡翠，但也有幾分姿色。

可是她們的眼睛都顯得有點兒呆滯，神態也顯得異常木濁。

龍飛看在眼內，暗忖道：「這兩個女孩子看來有些失常。」

杜殺也就在這個時候回向龍飛，道：「她們一個叫珍珠，一個叫鈴瑺，是侍候你的，有什麼需要，你儘管吩咐她們。」

龍飛點頭，方待道謝，杜殺說話已接上。「但她們只聽得懂一些淺白的說話，這點你也必須清楚。」

「她們……」

「雖非白痴，比白痴卻好不了多少。」杜殺淡然一笑。「所以你不必在她們身上動腦筋，向她們打聽什麼。」

龍飛一皺眉頭。

杜殺揮手道：「你現在可以走了。」

龍飛欠身道：「好。」

那兩個少女同時站起身來，一齊向龍飛一福，一笑，道：「這邊，請！」

一樣的聲調，一樣的說話，一樣的動作，一樣的笑容。

笑得與白痴無異，而面上雖然在笑，她們的眼中連一絲笑意也沒有。

龍飛不由得毛骨悚然，他仍然舉起腳步，跟在那兩個少女之後。

杜殺目送他離開，亦一笑。

這一笑竟笑得也好像白痴一樣。

幸好龍飛並沒有看在眼內，他心中這時候已然被種種疑惑填滿。

神秘的宮殿，美麗的翡翠，殺氣盈腔的杜殺，白痴無異的侍女！

他有生以來，何嘗來過一處這樣奇怪的地方，見過這樣奇怪的女人？

她們難道真的就是所謂碧落賦中人？

碧落賦中人也就是天人？

天人難道就是這樣子？

清晨，煙雨迷濛。

宮殿彷彿淒迷在雲霧之中，那一泓湖水，也彷彿已經化為雲霧。

龍飛推窗外望，幾疑已非置身人世。

他居住的地方是那麼華麗，那麼舒服，然而這一夜，他並沒有一覺好睡。

他的思想根本沒有停頓過，幾次想外出走走，看看這附近的情形。

珍珠、鈴瑺兩個也就侍候在寢室門外，長夜不寐，他再三請她們回房去休息，她們都只是報以一笑。

白痴一樣的一笑。

一直到天亮鈴瑺才離開，只留下珍珠侍候門外。

這時候龍飛已經起來。

❖

對窗的那邊湖畔，是一片林木，林外山巒起伏，煙雨中，就像是一個剃掉了眉毛的女人，淡淡的微露青色，美麗而嫵媚，又帶著些兒神秘。

龍飛並不是第一次煙雨中看山巒，卻是第一次有看女人似的感覺。

也就在這個時候，雲間有陽光如箭射下。

天空上突然出現了一道彩虹。

七色彩虹，落在湖中。

落在一個少女的面前。

——翡翠！

彩虹出現的剎那，翡翠亦恰巧出現，就彷彿為彩虹幻化。

她憑欄站在湖畔，一動也都不一動。

風吹起了她的秀髮衣裳，更見清麗脫俗。

龍飛呆望著她，不覺亦入神。

十一 美人

那片刻，他忽然想起了昨夜那個女孩子——那個掬了一捧月光送給他的女孩子。

月光也可以盈手相贈，彩虹也應該可以了。

——翡翠會不會送給我一片彩虹？

那剎那，龍飛忽然生出了這個念頭。

也就在那剎那，翡翠倏地回眸一笑。

這一笑又是如何美麗？如何動人？龍飛只覺得心神俱醉。

翡翠顯然是發現了他在看著她，這一笑也顯然是為他而笑。

——也許可以向她打聽一下這裡的事情。

此念一動，龍飛不覺移步向房門，目光卻不離翡翠那邊。

一笑之後，翡翠已經將頭一轉，也沒有再望向這邊。

龍飛腳步加快，將門拉開。

珍珠木立在門旁，看見龍飛開門出來，忙就趨前一步，展開笑容。白痴一樣的笑容。

龍飛回以一笑，道：「珍珠，還不休息？」

珍珠一呆，道：「我要侍候公子。」

她的語聲很奇怪，就像鸚鵡學舌一樣，平板而沒有感情。

龍飛道：「暫時不用了，你回去休息一下。」

珍珠道：「不用等玲瓏回來，我也可以休息嗎？」

龍飛道：「當然可以，你看來也很累了。」舉步前行。

珍珠怔在那裡。

◇

走出寢室的時候，龍飛遠遠的仍看見翡翠憑欄站立在那邊湖畔，可是到他轉過迴廊，走近那邊，翡翠已經不在了。

龍飛心頭一陣茫然，環目四顧，都不見翡翠的影子。

他苦笑一笑，信步向前行。

迴廊曲折，水波蕩漾，宮殿華麗，迷濛春雨中更顯得神秘。

龍飛目不暇給。

這座宮殿的寬敞，遠在他意料之外，在水面上建造一座這樣的宮殿，所化費的金錢與人力，實在上難以估計。

難道這座宮殿竟真的不是人力建造？

龍飛只有苦笑。

轉了幾個彎，前面出現了一道拱門，在門外並沒有禁止進入之類的告示。

龍飛所以也沒有停下腳步，筆直走進去。

拱門內的一個院子，遍植花木，看來也非常精緻。

花木不少已凋零，龍飛目光及處，不覺又感到秋殘的蕭索。

一個人即時從那邊花木叢中轉出來。

——翡翠。

龍飛看見翡翠，反而一怔，在這裡看見翡翠卻是在他意料之外。

翡翠比他更意外，「嗯」一聲身形驟停，手中捧著的東西幾乎摔落地上。

那是一個精緻的檀木盤子，上面放著一壺酒，一隻杯，兩碟菜餚，一碗白飯。

那碗白飯僅剩下一半，杯盤狼藉，顯然已被人吃過，現在由翡翠收拾出來。

——翡翠在這裡的身分應該在珍珠、鈴璫之上，要她親自侍候的，又是什麼人？

龍飛奇怪的望著翡翠。

翡翠這片刻回復正常，一笑道：「這麼早就起來了？」

龍飛道：「姑娘豈非比我更加早？」

他的目光轉落在那個盤子之上，試探著問道：「是誰這麼早就用膳了？是不是杜殺？」

翡翠搖頭，道：「不是。」

龍飛道：「莫非公孫兄？」

翡翠道：「也不是，他現在尚在昏迷狀態，怎能吃東西？」

龍飛道：「那麼是……」

翡翠笑道：「是我。」

她笑得有些勉強，龍飛看在眼內，立時生出了一種翡翠說謊的感覺。

——為什麼她要說謊？

龍飛更加奇怪的望著翡翠。

翡翠給他這樣看，竟好像有些不知所措，微嗔道：「你怎麼這樣子看著我？難道你以為我在說謊？」

龍飛苦笑道：「不知怎的，我竟有這種感覺。」

翡翠嘆了一口氣，幽怨的望著龍飛。

龍飛一時間也不知道如何說話才好。

翡翠嘆著氣，道：「你的好奇心，實在太重了，在這裡，好奇心太重，並不是一件好事。」

龍飛道：「連姑娘在內，我已是第三次聽到這樣的話。」

翡翠道：「第一次跟你這樣說的人當然是杜惡。」

龍飛道：「然後是杜殺。」

他笑笑接道：「也許我真的應該聽聽你們的話。」

翡翠只是嘆了一口氣。

龍飛道：「姑娘若是不想說，我是不會勉強的。」

翡翠道：「能夠說的我總會說的。」

龍飛頷首道：「我明白。」

翡翠看著他，道：「你能夠明白最好。」

龍飛道：「由現在開始我應該壓抑住那種好奇心。」

翡翠道：「你以為壓抑得住？」

龍飛搖頭。

翡翠幽然道：「你是一個老實人。」

龍飛道：「我……」

翡翠截道：「老實人總是比較吃虧的。」

龍飛淡然一笑。

翡翠叮嚀道：「是真的，有很多事情，你不知道還好，知道得越多煩惱也一定越多，何苦由來？」

龍飛沉吟道：「我不會讓姑娘你為難，姑娘你放心。」

翡翠無言輕嘆。

龍飛道：「不過有些事情，相信就是向姑娘打聽一下，也無關要緊。」

翡翠道：「你想打聽些什麼？」

龍飛道：「一個女孩子。」

翡翠道：「誰？」

龍飛道：「我不知道她到底是什麼人，所以才向你打聽。」

翡翠一怔，道：「難道你是在這看見她的？」

龍飛頷首道：「就是昨夜，在湖的那邊，在刻著『杜家莊』那塊巨石前。」

翡翠奇怪道：「一個女孩子？」

龍飛道：「是，我看她的時候，她正在那一輪明月之中。」

翡翠道：「哦？」

龍飛道：「她簡直就像是從月中走出來的。」

翡翠追問道：「到底是怎樣的一個女孩子？」

龍飛道：「她長得很美，卻不知怎的，我竟然好像看不清楚她的面目。」

翡翠靜靜的聽著。

龍飛接道：「當時她正在流淚，在吟著張九齡那首望月懷遠的詩。」

翡翠脫口吟道：「海上生明月，天涯共此時——」

龍飛接吟道：「情人怨遙夜，竟夕起相思……」

語聲未已，翡翠已然變色，驚慌的望著龍飛，突然舉起腳步，奔了出去。

龍飛當場怔住。

十二　密室

——翡翠為什麼這樣驚慌？

——那個女孩子到底是什麼人？翡翠到底在驚慌什麼？

龍飛心念方轉，翡翠已走出了那邊拱門，一轉消失。「翡翠！」他脫口一聲呼喚，急急追去。

他實在想問一個清楚。

可是到他追出拱門之外，翡翠已經不知所蹤，四顧不見。

——去了哪兒？

龍飛本待振吭大呼，但終於還是沒有開口，這到底是別人的地方。

周圍是那麼寂靜，他倘若振吭大呼，勢必會驚動宮殿的所有人，追問他究竟。

他並不想招惹這種麻煩，尤其在公孫白仍然需要安靜休養的時候。

而且他既已能夠留下，總會有機會再看見翡翠，到時候再打聽也是一樣。

他仍然信步前行。

宮殿是那麼寬敞，奇怪的就是，人很少，他沿湖繞著宮殿走了圈，回到他住著的地方一路上只看見兩個珍珠、鈴瑠那樣的女人。

她們亦是白痴無異，看見龍飛，既不驚訝，又不躲避，反而一笑。

就好像她們已經知道龍飛是什麼人。

她們笑起來與珍珠、玲瑠一樣，只是有笑容，眼瞳中卻一絲笑意也都沒有。

白痴一樣的笑容，龍飛看在眼內，雖則已並非首次看見，仍然有毛骨悚然之感。

他還是點頭回以一笑。

這是禮貌，然後他就帶著滿腔寒意與疑惑向自己居住的地方走去。

沿途有幾處地方重門深鎖，內裡卻毫無聲息，龍飛雖然好奇心那麼重，也沒有越牆進去一看。

這也是禮貌。

他回到寢室門前的時候，珍珠已不在，卻守候著鈴瑠。

鈴瑠呆呆的看著他走過來，堆著一臉的癡笑。

龍飛看在眼內，不由暗嘆了一口氣。

——這些女孩子怎會這樣子？

他忍不住問鈴璫道：「你聽得懂我的話嗎？」

鈴璫癡笑點頭。

龍飛道：「在這裡，你們一共有幾個姊妹？」

鈴璫聽得很用心，聽完之後卻露出一面茫然之色，道：「什麼是姊妹？」

龍飛道：「就像是珍珠與你。」

鈴璫立即搖頭，道：「我們不是姊妹，是這裡的侍女。」

龍飛道：「那麼共有幾個你們這樣的侍女？」

鈴璫數著手指，道：「一個，兩個……兩個……」

她數了幾遍，仍然是只數得兩個，好像就只懂得這兩個數字。

龍飛一些也不覺得好笑，反而由心寒了出來。

鈴璫的表現，簡直與三歲女孩子無異，甚至連三歲女孩也都不如。

這個人的智慧簡直就等於零。

——看來她真的與白痴一樣。

——珍珠比她也好不了多少。

——怎會有這麼多白痴。難道她們並不是天生就如此？

龍飛實在奇怪，他怔怔的望著鈴瑺。

鈴瑺也是怔怔的望著他。

龍飛突然板起臉龐，裝出一副兇神惡煞的表情。

鈴瑺卻一些也不害怕，反而笑起來，癡笑道：「你的樣子怎會變成這樣的，你這人真……真有趣。」

她旋即學龍飛那樣子裝出凶惡的表情來。

龍飛不禁有啼笑皆非之感。

他搖頭，鈴瑺也跟著搖頭。

他嘆了一口氣，轉問道：「這裡有一位翡翠姑娘，你是否知道？」

鈴瑺搖頭道：「這裡沒有翡翠姑娘。」

龍飛一怔，道：「沒有？」

鈴瑺接道：「我們這裡只有一個翡翠仙子。」

龍飛「哦」一聲，轉問道：「翡翠仙子又住在什麼地方？」

鈴璫手指天空。

龍飛道：「你是說在天上？」

鈴璫搖頭道：「不是天上，是碧……碧……」

龍飛道：「是碧落？」

鈴璫喜呼道：「就是碧落了，你怎麼知道，是不是你也來自碧落？」

龍飛搖頭。

鈴璫一面的失望之色，道：「我還以為你可以帶我到那兒去住住。」

龍飛試探道：「怎麼你不叫翡翠仙子帶你到那兒去？」

鈴璫的面上露出驚恐之色，道：「她……她……」

龍飛道：「她怎樣？」

鈴璫連連搖頭道：「我不說，我不說……」一個身子也連連後退。

看樣子她對於翡翠，顯然是有某種強烈的恐懼。

龍飛看見她那樣子驚慌，也有些於心不忍，擺手道：「不說就算了，我不會強迫你的。」

鈴璫這才不再後退。

龍飛看著她，心中的疑念又重幾分。

——翡翠到底是什麼人？鈴璫為什麼對她那樣子恐懼？

龍飛當然想不通。

——翡翠到底將公孫白帶到哪裡？現在他傷勢又怎樣？

想到這個問題，龍飛更就只有苦笑。

這一天，龍飛也就在疑惑重重之中度過。

他沒有再看見翡翠，杜殺也沒有召見他。

伴著他的就只有珍珠與鈴璫兩個白痴一樣的女孩子。

◇

不覺三天。

這三天之內並沒有任何事情發生，宮中始終是那麼的平靜，寂靜。

珍珠、鈴璫有時兩個一起，有時輪流侍候龍飛，她們勉強可以說是小心，也很聽話。

可惜，龍飛想知道的她們卻回答不出來。

有些話，她們甚至完全不能理解。

綜合三天以來的所得，龍飛肯定了一件事情。

——珍珠、鈴瑺真的有如杜殺所說的與白痴無異。

除此之外，龍飛一無所得。

他很想再遇上翡翠，他相信，除了杜殺之外，只有翡翠能夠解開心中的疑團。

他沿湖每天不停的打圈子。

湖水每一天都是那麼平靜。日間澄清如明鏡，夜裡萬燈輝映，碧瑩如水晶。

可是宮中卻也是如此平靜。

龍飛並不喜歡這種平靜，他匹馬江湖，每天所遇的都是激盪的生活。

一個長年在激盪生活之中的江湖人，難得就是有一天平靜生活。

龍飛在過去也是很希望能夠有一天安靜一下。

這種平靜的生活他應該是喜歡的，問題卻是在這個地方實在太神秘，太秘密，太多的事情他很想知道，卻又不能夠知道。

這種生活儘管平靜，但是卻充滿了疑惑。

他人雖然已安靜下來，心卻無時不激盪不安。

這種平靜只是表面上的平靜。

他卻又不能不忍受下來，這個地方他雖然充滿了疑惑，然而他卻更關心公孫白的安全。

在公孫白痊癒之後，他們可能就會被請出這個杜家莊。

這卻是我莫可奈何的事情。

到時候，他們也只有離開，帶著滿腔的疑惑。

好像這種經驗龍飛不是第一次嘗到，只是此前他的遭遇，沒有這一次的怪異。

◇◇◇◇

又是清晨。

這已是第四天，龍飛仍然是拂曉就起來。

窗外又煙雨迷濛。

他隨便梳洗一下，便推門出去。

珍珠站立在門外，就好像過去的幾天一樣，呆呆的，筆直站立著。

龍飛看見她，只有嘆氣。

他曾經勸過珍珠夜間回去睡覺，可是他的話珍珠並沒有完全接受，縱然當時離開了，片刻又回來。

是不是有人吩咐她這樣？龍飛可想不透。

這若是監視，根本就沒有可能。

以珍珠反應的遲鈍，龍飛隨時可以將她甩掉。

她既然定要這樣，龍飛也就只有由得她，亦只有嘆息。

好像珍珠這樣的女孩子，竟然有如白痴一樣，實在是一件可嘆的事情。

門開了，珍珠仍然沒有發覺，一直到龍飛從她面前走過，她才發覺，那種白痴一樣的笑容又在她臉上浮現出來。

龍飛每看見這種笑容，就感到毛骨悚然。

「龍公子，你又起來了？」珍珠的語聲，仍然是那麼平板，與過去幾天完全一樣。

龍飛微喟道：「珍珠，你可以回去了。」

這一次珍珠已懂得說：「不用我一旁侍候你嗎？」

龍飛搖頭道：「不用了。」放步走前去。

珍珠目送他走遠，才舉起腳步，走的卻是相反的方向。

龍飛曾經問過她去哪裡，珍珠只笑不答，也曾有一次，龍飛要與她走在一起，可是她一步也都不移動了。

她思想雖然是那麼遲鈍，但在某方面，卻又顯得非常敏銳。

這是她與白痴不同的地方。

龍飛本來可以追蹤她。

憑他的身手，絕對可以不被珍珠發覺的，但，他又豈是這種人？

這也是他做人最吃虧的地方。

然而他並不在乎。

每一個人都有他做人的原則。

◇

龍飛走的仍然是三天來走的那條路，他實在希望能夠再看見翡翠，大概也因此，每當走到翡翠那天站立的地方，總是特別的留意。

今天也沒有例外。

煙雨迷濛。

比那天似乎濃了一些。

那些雨真的煙一樣，周圍都迷濛在煙雨之中，好像隨時都會消散的一樣。

這個時候竟然下起這種煙雨來，是不是有些奇怪？

難道這個地方竟不是人間所有，季節也因此有異？

龍飛心頭愴然，茫然。

轉過一個彎，迷濛煙雨中，他忽然看見了一個人。

那個人也就站立在翡翠當日站立的地方。

——翡翠？

龍飛此念一動即散，啞然失笑。

這刹那之間，他已然看出那不是一個女人，是一個男人。

——誰？公孫白？

龍飛心念一轉，腳步不由加快。

那個人憑欄外望，似並不知道龍飛走近，一直到龍飛快將走到，才若有所覺，將頭回過來，混身即時一震。

龍飛看到了那個人的面目，喜動形色，脫口道：「公孫兄！」

那個人正是公孫白，聽得呼喚，急步迎前，大笑道：「龍兄，你果然還在這裡。」

兩人迅速相遇，不由自主笑拍著彼此的肩膀。

公孫白接道：「這次幸得龍兄你幫忙。」

龍飛道：「應該的，公孫兄，你沒有事了？」

公孫白振衣道：「你看我不是很好？水晶她到底並沒有騙我，閻王針雖毒，來到這裡仍然有得救。」

龍飛道：「這大概因為這裡住的都是天人。」

「天人？」公孫白一怔，對於這裡的情形，他似乎並不知道。

龍飛道：「公孫兄不知道這裡是什麼地方？」

公孫白道：「不知道。」四顧一眼，道：「這裡好像是一個皇宮。」

龍飛道：「嗯——這是日后的宮殿。」

「日后？」公孫白一皺雙眉，突然一展，道：「什麼日后？是不是碧落賦中人的日后？」

龍飛道：「公孫兄還沒有經過這座宮殿的正門？」

公孫白搖頭道：「沒有——昨夜我才醒來，到今天早上，吃過了一些東西，體力才恢復正常。」

龍飛道：「公孫兄醒來的時候，可曾看見什麼人？」

公孫白道：「只看見兩個侍女，說來奇怪——她們竟好像是白痴，說話不著邊際，我問她們很多的事情都是答非所問，甚至令我簡直就啼笑皆非。」

龍飛點頭道：「這件事實在非常奇怪，這裡除了杜殺、翡翠兩人之外，其餘的都是如白痴一樣。」

公孫白道：「杜殺又是這裡的什麼人？」

龍飛道：「杜殺也就是日后。」

公孫白一怔，道：「龍兄能否將我昏迷之後所發生的事情詳細的給我一說？」

龍飛點頭道：「我正有此意。」

公孫白道：「我們一面行一面說。」

龍飛道：「公孫兄住在哪裡？」

公孫白道：「那邊。」舉步前行。

龍飛亦步亦趨，一面將公孫白昏迷之後所發生的種種事情扼要的說了一遍。

他心思敏捷，口才也不錯，雖然說得不怎樣詳細，但已經非常清楚。

公孫白靜靜聽著，面上詫異之色漸漸的濃重。

事情的詭異，實在在他的意料之外。

到龍飛將話說完，他們亦已來到公孫白寢室前。

那赫然就是在龍飛看見翡翠的那個院落一旁。

一個白痴也似的少女呆然守候門旁，看見公孫白走來，露出一臉白痴也似的笑容。

龍飛見過這少女，只是不知道她就是侍候公孫白的人。

他也不知道公孫白就住在這兒。

「公孫兄就是住在這裡？」他問得有些奇怪。

公孫白不由一怔，道：「龍兄何以如此問？」

龍飛道：「我每天都經過這裡，卻是不知道有人住在這個房間之內。」

公孫白道：「是麼？」

龍飛道：「過去的三天，這個房間的房門都是緊閉，但裡頭並沒有任何的聲息，房門外也沒有人站著。」

「哦？」公孫白一面詫異之色，「難道這三天之內，我竟然有如死人一樣？」

龍飛道：「也許公孫兄本來並不是在這個房間之內。」

公孫白道：「也許。」

龍飛接道：「但亦不無可能，公孫兄在房間之內昏迷不醒，所以既沒任何聲息，也無須侍女看護。」

公孫白道：「不無可能。」

龍飛道：「閻王針霸道之極，公孫兄能夠活下來，已經是奇蹟了。」

公孫白道：「說不定這裡真有什麼靈丹妙藥。」

龍飛道：「說不定。」

公孫白一拍龍飛肩膀，大笑道：「不過有道是藥醫不死病，若不是龍兄，便縱有什麼靈丹妙藥，也是無用的。」

龍飛道：「公孫兄又說這些話了。」

公孫白道：「事實如此。」

他突然又大笑起來。

龍飛看著他，實在有些莫名其妙。

公孫白笑接道：「龍兄可知道我現在有什麼感覺？」

龍飛苦笑道：「公孫兄的話我不大明白。」

公孫白道：「我覺得現在已不是以前的公孫白，大概是因為，我已經在鬼門關之前轉了一趟。」

龍飛道：「哦？」

公孫白忽然嘆了一口氣，道：「可惜我並非真的已經死去，否則以前的種種，現在勢必已完全忘記。」

龍飛現在總算明白公孫白的心意。

公孫白接道：「一個人要記憶一件新事物固然困難，要忘記一件事情，卻也不容易。」

龍飛道：「的確不容易。」

一頓道：「但是一個人只要心胸放開一些，並不需要完全將某些事忘掉才快樂。」

公孫白沉默了一會，頷首道：「不錯。」

龍飛笑笑，回拍公孫白的肩頭，接道：「你現在不妨就將過去的公孫白視作已死。」

公孫白笑道：「我確是險死還生，能夠在閻王針之下保住性命的人相信並不多。」

龍飛道：「閻王針傳說中雖然是那麼厲害，但根據杜殺所說，江湖上七種最毒的毒針中，閻王針只是名列第四。」

公孫白道：「是麼？」

龍飛道：「她的話應該是值得相信的，卻不知，還有什麼針比閻王針更加惡毒？」

公孫白沉吟不語。

龍飛想想，道：「也許唐門的七步絕針可以考慮。」

公孫白聞言面容一黯。

龍飛沉思中並沒有在意，接道：「以我所知，七步絕命針乃是唐門秘製十三種毒藥暗器之一。」

公孫白啞聲道：「龍兄的見識真可謂淵博。」

龍飛道：「這已非秘密。」

公孫白無語，面容黯然，對於唐門七步絕命針，他似乎感觸甚深。

龍飛仍沒有在意，沉吟著接道：「除了唐門七步絕命針之外，我實在想不出還有第二種比閻王針更加惡毒的毒針。」

公孫白一聲微喟，道：「我也想不出。」

他目光一轉，道：「龍兄不是要進去坐坐？」

龍飛道：「嗯。」

公孫白舉步又停下，道：「我幾乎忘記了一件事情。」

「什麼事情？」

「今天早上我起來的時候，聽到一陣很奇怪的聲響。」

「什麼聲響？」

「好像是鐵鍊曳地聲。」

「哦？」

「那似乎是由地底傳上來。」

龍飛一怔，道：「這個宮殿可是建築在湖水之上？」

公孫白道：「所以我才覺得奇怪。」

龍飛道：「會不會公孫兄聽錯了，那其實是由隔壁傳過來？」

公孫白道：「隔壁？」

龍飛道：「方才我不是已經跟公孫兄說過，在隔壁那個院子看見翡翠。」

公孫白道：「翡翠當時是捧著一盤用過的菜餚。」

龍飛道：「她雖然說是自己用的，但我總覺得，她是在說謊。」

公孫白皺眉道：「莫非隔壁囚禁著什麼人？」

龍飛道：「隔壁院子有一座小樓，重門深鎖，裡面也聽不到任何聲息。」

公孫白道：「龍兄何不設法進去看看？」

龍飛笑笑，道：「公孫兄的好奇心看來並不在我之下。」

公孫白道：「這個地方到處都充滿奇怪的氣息，我除非就是一個白痴，否則怎能不大生好奇之心？」

龍飛道：「可惜這是別人的地方。」

公孫白笑道：「這實在可惜得很。」

龍飛道：「我每天都不由自主到那裡走走。」

公孫白道：「今天如何？」

龍飛道：「還沒有。」

公孫白道：「那麼現在該走一趟了。」

龍飛點頭，轉身舉步。

◇

那個院子與過去三天並無分別，是那麼寂靜。

龍飛引著公孫白一直走到院子中那座小樓的前面。

煙雨迷濛，那座小樓就像是一個纖弱的少女，顫裊在煙雨中。

重門深鎖，每一扇窗戶都緊閉。

龍飛、公孫白繞著小樓轉了一圈，又回到小樓之前。

公孫白抬頭望著那座小樓，嘆了一口氣，忽然道：「一個人的心總是壞一些好。」

龍飛道：「那麼做起壞事來，也不會覺得有些不妥。」

公孫白道：「不錯。」

一個女人的聲音即時道：「兩位在打算做什麼壞事？」

龍飛、公孫白應聲回頭，就看見翡翠正從一叢花木後轉出來。

一時間，兩人實在都覺得有些狼狽。

以兩人耳目的靈敏，居然不知道翡翠的到來。

翡翠的武功若非厲害，那該是如何解釋？

——莫非她真的是天人，來既無蹤，去也無影？

龍飛忽然生出了這個念頭。

翡翠看見他們那樣子，「噗哧」的倏的笑了出來。

這一笑，人更加顯得美麗。

龍飛、公孫白不由齊皆一呆。

翡翠笑望著他們，接道：「怎樣了，為什麼不回答我呢？」

龍飛苦笑了一笑，道：「幸好我們還沒有開始做壞事，否則豈非就給姑娘你撞個正著？」

公孫白脫口問道：「這位姑娘到底是……」

龍飛道：「她就是翡翠。」

公孫白「哦」的一聲，摸著腦袋道：「我……」

翡翠道：「你就是公孫白，是不是？」

公孫白苦笑。

翡翠接說道：「有很多事情，你不必跟我說，也不必問我，因為我全都知道。」

公孫白苦笑道：「聽龍兄說——姑娘乃是天人。」

翡翠道：「什麼人都好，有什麼關係？」

公孫白道：「那麼……」

翡翠截口道：「能夠告訴你的不用問，我也會告訴你，否則你問也是無用。」

公孫白道：「姑娘知道我想問什麼了？」

翡翠點頭道：「你問的，恰巧都是我不能告訴你的。」

公孫白呆然怔在那裡。

翡翠一聲輕嘆，道：「你其實應該早就將那件事情完全忘記。」

公孫白黯然嘆息。

翡翠漫聲輕吟道：「兩情若是久長時，又豈在朝朝暮暮？」

公孫白混身如遭雷殛，猛一震。

龍飛一旁聽得很清楚，卻是完全聽不出什麼。

翡翠轉向龍飛，道：「這件事，無論如何你也想像不到的。」

龍飛一怔，道：「當然。」

翡翠道：「你這個人的好奇心也實在重了一些。」

龍飛苦笑，道：「易地而處，姑娘想必比我更想知道多一些的事情。」

翡翠不覺點頭。

龍飛轉問道：「我們現在想幹什麼壞事，姑娘難道真的已知道？」

翡翠反問道：「你們難道不是都很想進去這座小樓瞧瞧？」

龍飛也沒有否認，道：「想是很想的。」

翡翠道：「可惜你們都不是壞人。」

龍飛道：「也幸好不是，否則我們現已經給姑娘著人拿起來。」

翡翠道：「這座小樓其實也沒有什麼秘密。」

龍飛、公孫白相顧一眼。

公孫白脫口道：「我好像聽到有鎖鍊曳地之聲。」

翡翠一怔，笑道：「我看你是一時尚未清醒，聽錯了。」

她答得卻是顯然有些牽強，公孫白、龍飛都發覺了。

公孫白仍然道：「也許。」

他嘆了一口氣，接道：「我現在的腦袋也實在不怎樣清醒。」

翡翠道：「這座小樓之內根本就沒有住人。」

公孫白道：「是麼？」

他沉吟道：「那種鐵鍊曳地聲，好像是地底傳上來的。」

翡翠道：「這更加沒有可能，這座宮殿乃是建築在湖水之上。」

公孫白點點頭道：「我本來懷疑這下面是有一個密室，但水底之下，怎可能？」

翡翠面色微變，道：「事實沒有可能。」

公孫白道：「不錯。」

龍飛忽然道：「在常人，的確是沒有可能，在天人，何事不可能？」

翡翠怔住。

龍飛目注著翡翠，道：「這小樓之中若是並無什麼秘密，姑娘又何妨不讓我們進去看一看？」

翡翠也在目注著龍飛，神情變得很奇怪。

龍飛這時候才發覺，翡翠的眼瞳與常人有異，竟然是碧綠色。

碧綠得有如翡翠一樣。

翡翠倏的又一聲嘆息，道：「對你這樣的一個老實人，我若是說謊，也實在過意不去。」

一頓道：「不錯，這座小樓之內是有個密室，而且的確建築在湖水之中。」

龍飛反而一呆，公孫白也沒有例外。

翡翠道：「你們反而覺得很意外，是不是？」

兩人不由自主的點頭。

翡翠淡然一笑，道：「這種事情無疑在常人來說實在是匪夷所思，就正如，這座宮殿建築在湖面之上一樣。」

龍飛苦笑，道：「不錯。」

翡翠道：「但我們既然能夠將這樣的一座宮殿建築在湖面之上，又怎會不能夠將一個密室建築在湖水之中。」

龍飛嘆息道：「你承認，我反而有些懷疑了，難道你們真的是天人？」

翡翠反問道：「你看呢？」

龍飛搖頭道：「看不透。」

翡翠忽然又一聲嘆息，道：「也罷，我就讓你們進去這座小樓瞧瞧。」

公孫白急問道：「那個密室……」

翡翠幽聲道：「我既然讓你們進去這座小樓，又怎會還在乎讓你們進去那個密室呢？」

公孫白連聲道：「不錯，不錯。」

翡翠道：「不過有一點我可以肯定的告訴你們，這座小樓——以至密室之內，事實上沒有人。」

龍飛道：「天人也沒有？」

翡翠幽怨的望著龍飛，道：「你應該相信我的。」

「嗯——」龍飛不由不點頭。

翡翠嘆息道：「為什麼我要欺騙你呢？」

龍飛無言。

公孫白奇怪的望著翡翠與龍飛，那剎那，他彷彿感覺到什麼，可是他又想不出那是什麼。

——到底是什麼？

小樓的門戶緊閉，用一把形式古雅的銅鎖扣著，那把銅鎖之上佈滿了灰塵，也不知多久沒有打開過。

翡翠在門前停下了腳步，道：「這道門已經有三年沒有打開過了。」

十三　天人之血

公孫白「哦」的一聲，龍飛亦一怔，目光落在那把銅鎖之上，道：「從那些灰塵看來，應該是了。」

翡翠道：「這座小樓也只有這道門戶。」

龍飛信口道：「嗯。」

公孫白道：「然則湖底那個密室……」

翡翠截口道：「必須先進入這座小樓，才能夠進去。」

公孫白脫口道：「真的？」

翡翠嘆了一口氣，並沒有回答。

公孫白亦自嘆息，道：「不是我不相信姑娘你，問題在今天早上醒來，我真的聽到鐵鍊曳地之聲。」

翡翠淡然一笑，道：「也許是你的錯覺。」

她笑得有些勉強。

公孫白看在眼內，但並沒有再追問下去。

龍飛也一直在留意翡翠的表情，心知道其間一定另有蹊蹺。

——翡翠看來似乎並沒有說謊，公孫白應該也沒有，這座小樓若是真的已封閉，內裡若是真的沒有人，那麼又何以有鐵鍊曳地聲？

龍飛心念一轉再轉，腦海突然浮現出一個字，一樣東西——鬼！

——難道這座小樓中有鬼？

他一向雖然不能夠肯定，卻也不相信鬼神的存在，可是他現在竟然生出這個念頭。

就連他也覺得奇怪。

——也許是受了這個環境的影響。

轉念之間，龍飛不由苦笑。

翡翠的目光這時候忽然落在龍飛的面上，苦笑道：「我知道你在想什麼。」

龍飛道：「哦？」

翡翠道：「你是不是懷疑這座小樓之內有鬼？」

龍飛一怔，道：「我本來不相信鬼神的存在。」

翡翠道：「因為到現在為止，你還沒有見過那所謂鬼神。」

龍飛點頭。

公孫白插口道：「天人……」

翡翠道：「介乎神與人之間，終究還是人。」

公孫白沒有作聲，看樣子似乎明白，也似乎並不明白。

龍飛也一樣胡塗得很。

翡翠接道：「神不是一般人所能夠看見的。」

公孫白嘆息道：「鬼呢？」

翡翠搖頭道：「這個問題我也不知道怎樣來回答你。」

公孫白道：「我很多朋友都說他們曾經見過鬼，言之鑿鑿，甚至誓神劈願。」

翡翠道：「也許他們是真的見過。」

公孫白道：「聽他們說得那麼認真，不由我不相信。」

他嘆息一聲，道：「我實在很羡慕他們……」

龍飛聽說實在感到奇怪。

——難道你也想見鬼？

這句話龍飛已到了咽喉，卻到底沒有說出來。

翡翠即時道：「你的心意我是明白的。」

公孫白道：「是麼？」

翡翠道：「不過有一點希望你亦能夠明白——人縱然生前如何美麗，死為鬼，相信也會變得很恐怖，很可怕。」

公孫白道：「又有何妨？」

翡翠道：「話是這樣說，到你看見的時候，只怕就不是這樣說了。」

公孫白沒有應聲。

龍飛奇怪的看著他們，這時候忽然插口，道：「兩位能否說明白一些？」

公孫白方待回答，翡翠已說道：「公孫公子很想念一個人，那個人卻已經不存在。」

龍飛心念一動，道：「所謂不存在是什麼東西？」

翡翠道：「死人。」

龍飛目注公孫白，那剎那公孫白的面色陡然一變，道：「她……她真的已經死了？」

翡翠斬釘截鐵的應道：「是！」

公孫白道：「可是……」

翡翠截口道：「死亡的意義有很多種，也不是只有人才會有死亡。」

公孫白道：「她……可是……」

翡翠替他接下去，道：「是水晶的精靈，是不是？」

公孫白竟然點頭。

龍飛插口道：「你們莫非在說那個水晶人？」

翡翠頷首。

龍飛接問道：「水晶人莫非真的並不是一個人？」

翡翠道：「她確實不是。」

龍飛不由得搖頭。

翡翠道：「這種事本來就是難以令人置信，所以你不相信，我也不奇怪。」

龍飛道：「你是說，她真的是水晶的精靈？」

「她是的。」翡翠道：「她本是一塊萬年水晶，落在一個名匠的手中，將之刻成了一個人——一個很美麗的女孩子。」

龍飛只有聽。

翡翠道：「那塊水晶才只有一尺高下，所以刻出來的她原只有七寸長短，因為那個名匠賦與她生命，才得以變成常人一樣，但終究，只是塊水晶而已。」

龍飛嘆了一口氣，這種事，他實在難以相信，卻又不能不相信。

翡翠無論他怎樣看，也不像在說謊。

天下間難道竟然真的有這種事情？

翡翠接說道：「那個名匠當時曾經告誡她，千萬不要動真情，否則難免會形神俱滅——」

她嘆息又道：「她本來已經早記在心了，可惜到最後仍然不免厄運。」

龍飛道：「她動了真情？」

翡翠目光轉落在公孫白的面上，道：「這是無可避免的事情。」

龍飛道：「結果她形神俱滅？」

翡翠道：「這在她，未嘗不是一種解脫。」

龍飛道：「姑娘的措詞非常奇怪，幸虧還不難明白。」

翡翠道：「你真的已明白了？」

龍飛道：「嗯——」轉顧公孫白，道：「這若是事實，在水晶人來說的確是一種解脫。」

公孫白無言嘆息。

龍飛忽然又問翡翠道：「人死而為鬼，水晶的精靈形神俱滅又將會變成什麼？」

翡翠道：「應該就什麼也都沒有。」

龍飛道：「不錯，不錯。」

公孫白一言不發。

龍飛目注公孫白，道：「所以你縱然不怕水晶人死後變成怎樣的難看，也沒有用的。」

公孫白無言嘆息。

龍飛忽然輕吟道：「兩情若是久長時，又豈在朝朝暮暮？」

一樣的兩句話，此前已出自翡翠的口中一次。

公孫白一笑。

笑得那麼淒涼，又是那麼的無可奈何。

翡翠目注龍飛道：「有一件事情，你也該明白。」

龍飛點頭道：「我知道你說的是什麼。」

翡翠笑道：「是麼？」

龍飛道：「一般人尚可寄望將來自己死後，黃泉路上能夠再見，公孫兄卻是連這個希望也沒有。」

翡翠道：「你是一個聰明人。」

龍飛道：「我卻希望自己並不是。」

翡翠道：「因為那最低限度，就沒有這麼煩惱。」

龍飛「嗯」的應一聲。

翡翠旋即探手從袖中取出一條精巧的鑰匙，再伸手將那把銅鎖拿起來。

那把銅鎖的灰塵上立時出現了幾個指印，毫無疑問，的確已很久沒有開啟。

龍飛看在眼內，實在奇怪之極。

翡翠將鑰匙插入一扭，「咔」的一聲，銅鎖彈開來，她接在手中，伸手往門上推開。

「依呀」的一聲，門大開，一股淡淡的檀木香味迎面撲至。

龍飛鼻翅一皺，道：「好重的檀木香味。」

翡翠道：「這裡頭的家俱大都是紫檀木製造的。」

龍飛道：「紫檀木難求。」

翡翠道：「在一般人來說是。」

龍飛一笑道：「在天人來說，相信就是要多少，有多少。」

翡翠亦自一笑，舉步走了進去。

小樓中的陳設，非常精緻。

甚至連一格窗花，一張坐椅的形式、佈置，都可以看得出匠心獨運。

龍飛四顧一眼，道：「這好像是女孩子的居所。」

翡翠點頭道：「不錯，你們不妨仔細搜查一下，看這裡可有人。」

龍飛道：「不用了。」

他說得非常肯定。

因為這座小樓的幾個窗戶可以看出都在內關閉。更重要的一點就是到處都遍佈灰塵，連地上都沒有例外，他們走過的地方都留下了清楚的腳印。

若是有人在這座小樓之內走動，那個人若非神仙，應該就是幽靈了。

公孫白所以也同意龍飛的話，卻問道：「那個密室可是在什麼地方？」

翡翠道：「在這裡。」移步走到一扇屏風的面前。

那扇屏風非常精緻，上面畫著一輪孤月，還寫有一首詩。

海上生明月，天涯共此時；
情人怨遙夜，竟夕起相思。
滅燭憐光滿，披衣覺露滋；
不堪盈手贈，還寢夢佳期。

字非常秀麗，卻並不接續，好像並非在同一時間寫上去，而用的既非墨，也不像顏料什麼。

龍飛目光已落在屏風之上，道：「這是張九齡的望月懷遠詩。」

翡翠道：「是的。」神態不知何時變得有些兒不自在。

龍飛道：「好像是女孩子寫的字。」

翡翠道：「這裡住的本來就是一個女孩子。」

龍飛道：「就是她寫的？」

翡翠道：「她從來都不容許別人踏進這座小樓內。」

龍飛道：「哦？」

公孫白插口道：「那麼我們……」

翡翠嘆息道：「現在無論誰進來，她也不會在乎了。」

公孫白追問道：「為什麼？」

翡翠反問道：「你不明白麼？」

公孫白道：「你是說她已經死了？」

翡翠道：「不錯。」

公孫白若有所思，沉默了下去。

龍飛忽然問：「這裡住的不都是天人？」

翡翠道：「天人一樣會死的。」

一頓轉問道：「你知道她死的時候有多老？」

龍飛道：「有多老？」

翡翠道：「差不多一萬歲了。」

「一萬歲？」龍飛吃驚的望著翡翠。

公孫白接問道：「這是事實？」

翡翠頷首。

龍飛、公孫白相互望了一眼，兩人的眼瞳中都充滿了疑惑。

公孫白的眼中好像還多了一些什麼，他欲言又止，終於嘆了一口氣。

翡翠轉向屏風一側行去。

龍飛忽然道：「那些字以我看，似乎是用血寫的。」

翡翠混身一震，沉聲道：「是血！」

龍飛再問道：「天人之血？」

翡翠沒有回答，轉過屏風後面。

龍飛只有跟上去，公孫白目光落在屏風之上，從頭細看了一遍，才舉起腳步。

他的神情變得很奇怪。

龍飛看不見，也看不見翡翠的動作，不知道翡翠將那道暗門怎樣打開。

到她轉過那道屏風的時候，屏風後丁方半丈的一塊地面正在緩緩下去，一行石階出現在他們眼前。

翡翠拾級而下。

龍飛、公孫白亦步亦趨，他們都顯得非常詫異。

這座宮殿乃是建築在一個大湖之上，那所謂地下，其實也就是進入湖水。

可是在他們眼前，卻看不見水光。

——難道在水裡真的能夠建築一個密室？

◇

石級並不長，一折再折，只有三十級。

龍飛默默數著石級，暗忖道：「這應該深入水底接近兩丈了。」

在石級的兩旁，每隔幾尺，就嵌著一顆夜明珠。

他們也就藉夜明珠的光芒來看清楚眼前的景物。

一折再折，他們終於來到了石級的盡頭，三個人都沐在碧綠色的光芒中。

那絕非明珠的光芒，仍是來自石室頂垂下來的一盞水晶燈。

碧綠透明的水晶，燈光也因此變成碧綠色，雖然不怎樣強烈，已足以照亮整座石室。

那座石室丁方也有好幾丈寬闊，人固然沒有，什麼也都沒有。

龍飛忽然生出森寒的感覺。

也許是因為密室深入水裡，也許是因為密室太空。

一個地方太空，的確就會令人生出森寒的感覺來。

龍飛卻以為還有第三個原因。

是什麼原因？他卻想不出──那在他只是一種感覺。

翡翠即時道：「你們看清楚了？」

公孫白脫口問道：「這座密室有沒有第二個進出口？」

翡翠搖頭，道：「沒有。」

一頓又說道：「即使有，也不會有人進來。」

公孫白道：「何以見得？」

翡翠道：「你難道沒有發覺石室的地下也積滿灰塵，我們走過的地方，都留下腳印？」

公孫白道：「不錯不錯。」

翡翠笑笑道：「我雖然也是天人，在塵世，也一樣有腳印留下來，與凡人無異。」

公孫白道：「那是說，我今天早上若非錯覺，在這座石室之內走動的，只怕就是──就是幽靈了。」

翡翠勉強笑道：「恐怕便是了。」

公孫白苦笑道：「這人間難道真的有所謂幽靈？」

翡翠沒有回答。

龍飛微喟道：「也許沒有，也許有，這種事情並不在我們的知識範圍內。」

公孫白道：「龍兄相信所謂幽靈的存在？」

龍飛道：「不相信，但也不能夠肯定。」

翡翠道：「因為很多人言之鑿鑿，你卻是從未見過。」

龍飛道：「嗯。」

翡翠道：「我也希望你真的從未見過。」

話中顯然另有話，龍飛聽得出，奇怪的望著翡翠。

翡翠那剎那卻有如泥塑木雕也似，一些表情也都沒有。

公孫白這時候又問道：「密室之內既然沒有人，那盞燈……」

翡翠道：「那盞燈所盛的燈油足以燃點十年。」

公孫白道：「是麼？」

翡翠道：「不相信你可以躍上去一看。」

公孫白沒有，目光一轉，道：「這座密室本來是做什麼用途的？」

翡翠冷冷道：「這是一個秘密，你若是一定要知道，可以去問一個人。」

公孫白道：「杜殺？」

翡翠冷然頷首道：「至於她是否會告訴你，卻要看她的心情，以及她是否願意洩露了。」

公孫白道：「有機會看見她，我總得試一試。」

翡翠冷笑。

龍飛這時候忽然緩步走到一面石壁之前，道：「這又是什麼？」

在那面石壁之上，一道暗赤色的線條從離地三尺之處弧形直上，幾達密室的頂壁。

翡翠目光一轉，道：「血！」

龍飛道：「什麼血？」

翡翠道：「天人之血。」

龍飛追問道：「何以……」

翡翠截口道：「這件事你也該問一個人。」

「杜殺？」

「只有她才能夠答覆你！」說完這句話，翡翠轉身舉步，向石級那邊走去。

龍飛只有跟在她的後面。

公孫白對著那道血痕再呆片刻，才舉起腳步，雙眉緊鎖在一起。

看樣子，他彷彿有什麼事情想不通。

到底是什麼事情？

◇◇

翡翠腳步不停，一路上也沒有再說什麼。

待龍飛、公孫白二人從石級上來，她立即將密室那個暗門關上，動作是那麼迅速。

以龍飛目光的銳利，這一次一樣也看不出翡翠是如何將暗門關起來。

他也沒有問翡翠，默然隨著翡翠走出小樓外。

這時候，小樓外仍然煙雨飄飛。

翡翠隨即將銅鎖放回原位，然後道：「兩位看清楚了？」

龍飛道：「嗯。」

公孫白嘆了一口氣，道：「看來那真的是我的錯覺。」

翡翠道：「若是仍然有懷疑，兩位現在可以再進去。」

龍飛搖頭道：「不用了。」

翡翠幽怨的望了龍飛一眼，轉身舉步，向院外走去。

龍飛目送翡翠消失在迷濛煙雨之中，那種若有所失的感覺陡然又襲上心頭，不由自主的一聲嘆息。

公孫白聽入耳裡，奇怪的問道：「龍兄在嘆息什麼？」

龍飛道：「我也不知道。」

公孫白一怔，道：「哦？」

龍飛道：「也許是這種天氣。」

公孫白道：「這個時候竟然下著這種細雨，實在有些奇怪。」

龍飛道：「這本來就是一個奇怪的地方。」

公孫白道：「非獨地方，人也是的。」

龍飛道：「正如翡翠一樣。」又一聲嘆息。

然後他舉步，走進迷濛煙雨之中，心頭仍然是茫然若有所失。

煙雨黃昏。

宮殿整天都裏在一種神秘的氣氛內，龍飛、公孫白都有這種感覺，也知道絕非因為那綿延不絕的煙雨關係。

這一天，他們大部份時間都是走在一起，繞著宮殿也不知走了多少遍，都全無任何發現，也沒有再看見翡翠。

公孫白一再問，翡翠到底哪裡去了？

這個問題龍飛當然回答不出來。

十四 水晶人

黃昏後，雨終於停下。

龍飛、公孫白一起用過晚膳，又走出房間。

公孫白現在的精神似乎更加充沛了，他體內所中的閻王針的毒顯然已經完全消解。

甚至那支閻王針，公孫白也發覺已給拔出來。

龍飛不能不佩服。

——天人到底是天人。

◇

夜色漸濃，湖上的石燈也逐漸明亮。

燈光晶瑩，湖水映著燈光，也變成了碧綠色。沒有風，湖面不起漣漪，湖水看來也因此不像湖水。倒像是一塊透明的水晶。

公孫白還是第一次看見這種奇異的景象，驚訝不已。

龍飛對於公孫白的態度，一些卻也不覺得奇怪。

因為他到來的那一夜，比公孫白更驚訝。

公孫白呆望了一會，才舉起腳步，一面說道：「那些石燈好像建築在湖底。」

龍飛道：「應該是。」

公孫白道：「這件事實在難以想像，那些石燈倒還罷了，這座宮殿怎能夠從湖水中建築起來？」

龍飛道：「也許，這座宮殿建築的時候，湖中並沒有水在。」

公孫白道：「在我們只能夠這樣解釋了，湖水雖然不怎樣深，但若是就這樣在水裡建築什麼，應該就是絕對沒有可能的事情。」

龍飛道：「就像你中的閻王針一樣，在未見到你之前，我一樣以為你是絕對沒有希望生存的了。」

公孫白笑道：「可是我現在卻竟能夠完全痊癒過來。」

一頓嘆息道：「天人畢竟是天人。」

龍飛道：「這裡所住的若是天人，這座宮殿若真的就是天人傑作，那的確就沒有什麼值得驚訝。」

公孫白道：「天人既然是無事不知，自然無事不能。」

龍飛道：「你相信有這種事？」

公孫白道：「不相信，但現在卻又不能不相信。」

龍飛微喟道：「我也是的。」

說話間，兩人已將又來到那座小樓座落的那個院子前。

也就在這個時候，公孫白腳步陡頓，道：「看！」

他的語聲是顯得那麼意外，甚至已完全不像是他的語聲。

——又是什麼事令他這樣驚訝。

龍飛不由得極目望去。

在他的眼前，並沒有人在，那瞬間不過就多了一隻螢火蟲。

那隻螢火蟲好像是從那個院子之內飛出來，龍飛不能夠肯定。

他根本就沒有注意那隻螢火蟲。

螢火蟲飛翔根本就不會發出多大聲響，那一點螢火雖觸目，但是在這個環境之下，卻並不覺得。

湖面的燈光碧綠，湖水也碧綠，燈光照射，湖光反映，宮殿雪的宮牆也蒙上了一抹碧綠色，所以那一點螢光，根本就不大起眼。

——要我看的莫非就是這隻螢火蟲？

龍飛意念一動，仍問道：「看什麼？」

公孫白手一指，道：「那隻螢火蟲。」

龍飛道：「你知道那是隻螢火蟲？」

公孫白明白龍飛的說話，苦笑道：「當然知道。」

龍飛道：「那麼你奇怪什麼？」

公孫白怔在那裡。

龍飛道：「這豈非正是螢火蟲的季節。」

公孫白道：「不錯。」

龍飛仰眼道：「夜涼如水，可惜七月初七已過了，天上雙星也已看不到，否則此時此地，我若是詩人，總該有一首好詩。」

公孫白道：「這的確很可惜。」

話口未完，那隻螢火蟲已幽然飛近來，龍飛手一伸，正好將那隻螢火蟲抄在手裡。

碧綠的螢火映得他整隻手都變成了碧綠色。

公孫白即時道：「龍兄，請你將牠放開。」

他的語聲顯得很焦急，很關心。

龍飛聽得奇怪，但仍然將手放開。

那隻螢火蟲立即從他手裡飛出，飛向湖那邊。

公孫白呆呆的目送那隻螢火蟲飛去，一臉的落寞之色。

龍飛也留意到了，道：「公孫兄，你對於螢火蟲好像特別有好感。」

公孫白無言一聲嘆息，將頭垂下來。

龍飛更奇怪，看樣子他就要追問下去，可是那嘴唇一張即合，半身猛一轉，一雙眼霍的暴張。

這片刻之間，院子那邊碧芒亂閃，突然出現了無數的螢火蟲。

那些螢火蟲彷彿從天外飛來，數目之多，簡直已到了令人震驚的地步。

龍飛有生以來，還沒有見過這麼多的螢火蟲。

然而他現在的視線卻並非在那些螢火蟲之上。

那個院子旁邊的湖濱，不知何時已多了一個女人。

龍飛的視線也就落在那個女人之上。

以他耳目的靈敏，竟然不知道那個女人到來。

那個女人穿著一襲淡青色的衣衫，憑欄幽然站立在那裡，就像是一個幽靈。

她長髮披肩，頭低垂。

龍飛雖然看不到她的面目，目光落下那剎那，忽然有一種熟悉的感覺。

——不就是我到來那夜，出現在石山之上，明月之中，掬一把月光送給我的那個女孩子？

動念間，那個女孩子已將頭緩緩抬起來。

龍飛的目光不覺移向她的臉。

看清楚了她的臉，龍飛卻更驚訝。

那的確是那夜他看見的那個女孩子，唯一不同的，只是她的臉。

她的臉現在竟然是淡青色，與她的衣服一樣。

——她的臉怎會變成這樣？

龍飛正覺得奇怪，突然聽到身旁公孫白一聲呻吟。

——莫非是傷口復發？

龍飛不由得回頭，卻只見公孫白的面色蒼白，一雙眼圓睜，盯穩了那個女孩子。

他整個身子都在顫抖，嘴唇不停在哆嗦，好像要說什麼，卻偏又一個字也說不出來。

——莫非他認識那個女孩子？

龍飛再望向那個女孩子。

那個女孩子正在一笑，對象卻也不知是龍飛，還是公孫白。

她的容貌是那麼模糊，就像是水中月，霧中花。

那一笑卻又是那麼的淒涼，那麼的淒迷，那麼的動人。

她就在她這一笑剎那，漫天飛舞那些螢火蟲忽然一齊向她飛去。

碧綠的螢光就像是一條碧綠綠的光線，射向那個女孩子。

那個女孩子的整個身子立時變成碧綠色。

一部份的螢火蟲圍繞著她飛舞，還有一部份卻凝聚成一盞螢燈，凝集在她的頭上。

螢燈碧綠，照亮了她的臉龐，看來卻仍然是那麼淒迷。

她的臉上就好像罩著一層什麼。

螢燈一聚即散，無數隻螢火蟲流星一樣四射，蔚為奇觀。

龍飛只看得目定口呆。

公孫白又如何？

他顯然比龍飛更驚訝，身子顫抖得更加厲害，臉色也就更加蒼白了。

他的眼圓睜，一瞬也都不一瞬。

為什麼他這樣的驚訝？

◇◇◇◇

周圍無霧，忽然有霧。

那些霧就像是從那個女孩子的身上散發出來，她的人看來也就更迷濛了。

驟看來，她就像要化為煙霧飛散。

也就在這個時候，她忽然伸手，抄住了身前幾隻螢火蟲，納入了嘴唇之內。

那幾隻螢火蟲竟然沒有消失不見，反而在她的皮膚之內繼續飛舞。

她面部的皮膚那剎那彷彿變成了兩層。

外面的那一層彷彿就像是罩著一層什麼。

——水晶！

那剎那，龍飛的腦海突然浮現出這兩個字來。

——不錯，那個女孩子的面上就像是罩著一層水晶。

龍飛心念方動，旁邊公孫白突然一聲呻吟道：「水晶！」

他的語聲是那麼嘶啞。

龍飛一怔，道：「水晶？」

公孫白沒有回答他，舉步向那個女孩子走去。

他的腳步是那麼緩慢，那麼虛浮，混身的氣力彷彿已經散掉大半，又彷彿是走在雪地上，浮雲上。

他的神態也變得很厲害。

不再是驚訝，而竟是那麼的迷惑，驟看來，就像是在醉夢中。

所有的動作，驟看來都好像是身不由己。

龍飛看在眼內，詫異之極！

也正當此際，那個女孩子突然一翻，翻過了欄干，倒插進水中。

她的動作是那麼美妙，是那麼俐落，就像是一匹綢緞，瀉進了湖水之中。沒有聲響。

也許有，只是太輕微，覺察不出來。

湖面上幽然泛開了一個漣漪，一圈圈的無聲地緩緩擴散開去。

那個女孩子也就這樣沒入湖水之內。

公孫白驚呼，腳步立時快起來。

龍飛不由自主亦舉步奔過去。

他後發先至，反而搶在公孫白前面，奔到那個女孩子方才站立之處，憑欄望下去。

湖面上只有一圈圈的漣漪，那個女孩子已經不知所蹤。

公孫白跟著奔至，看他的神情，竟要越欄躍進湖裡追前來。

龍飛連忙一把將他的肩膀抓住，道：「公孫兄！」

公孫白如夢初覺，脫口道：「她哪裡去了？」

龍飛目光一落，道：「跳進水裡。」

公孫白忙探首向下望。

湖水晶瑩澄清，可以看見湖裡並沒有那個女孩子存在。

那一圈圈的漣漪這時候已遠散消失。

公孫白道：「怎麼不見？」

龍飛道：「也許游進了宮殿底下。」

龍飛道：「她若是願意與你一聚，就不會跳進水裡逃避。」

公孫白道：「也許不是逃避。」

龍飛道：「她若是這兒的人，總會再見到她的。」

公孫白嘆息道：「你說的也許是。」

龍飛反問道：「她到底是誰？」

公孫白道：「水晶。」

龍飛道：「水晶人？」

公孫白頷首，道：「水晶人就是她了。」

龍飛「哦」一聲，道：「她看來的確很像是水晶雕琢出來的。」

公孫白只是嘆息。

龍飛道：「我到來那夜，見到的那個女孩子與她很相似。」

公孫白道：「是麼？」

他的面上浮現出一絲喜色，道：「那麼只怕就是她，她只怕就是住在這裡了。」

語聲甫落，那一絲喜色突然又消失，嘆息道：「可是她，為什麼要避開我？」

龍飛道：「也許因為有我在這裡。」

公孫白道：「那麼她根本就不用出現。」

——為什麼？龍飛也想不通是什麼原因。

那剎那，他忽然有一種奇怪的感覺——感覺這根本不是事實。

為什麼有這種感覺？龍飛也一樣想不通，再顧周圍，那些螢火蟲仍漫天飛舞。

他忽然伸手，抄住了眼前一隻。

——是真的。

碧綠的螢火蟲映綠了他的手掌。

這絕非幻覺！

十五　天人神功

夜未深。

周圍卻是那麼的靜寂，龍飛、公孫白卻已習慣。

這個地方整天都是如此，彷彿根本就無人居住。

那些螢火蟲仍然漫天飛舞，難道他們並沒有引起那些天人的注意？

抑或他們根本不存在？

龍飛雖然感覺這似乎並非事實，但事實證明，這並非幻覺。

他抄在手中的那隻螢火蟲毫無疑問，是一隻真正的螢火蟲。

可是他仍然不由自主，再伸手出去抄住另一隻。

那一隻也是真的。

他的雙手都同被螢火映綠。

一隻是真的，兩隻是真的，其餘的應該也是真的了——他實在沒有勇氣再伸手去抓那些螢火蟲。

——螢火蟲是真的，那個女人也該是真的了，但，人的臉又怎會那樣子？

——螢火蟲又怎能夠在人的皮膚內飛舞？

那剎那他忽然感覺那些螢火蟲與一般的不一樣。

可是他卻又看不出不同在什麼地方。

事實螢火蟲到底怎生樣子，他一直都沒有在意，甚至可以說，他從來就沒有仔細研究過這一種昆蟲，就只是，小孩子的時候，捕捉過，把玩過。

螢火蟲為什麼會發光？

他並不知道，對於古籍的解釋，卻是不苟同。

因為有生以來，他發覺古籍對於很多事物的解釋，很多都是錯誤的。

對於螢火蟲的解釋是否會例外？

他雖然不大清楚，但還是心存疑惑。

至於故老相傳，螢火就是鬼燈，他更就覺得荒謬，但現在他的腦海中卻竟浮現出這個念頭。

——那個女人難道不是一個人？而是一個鬼？

這動念的剎那，他不由苦笑了起來。

苦笑著他轉顧公孫白。

公孫白的目光已又落在湖面上，他的眼瞳就像是籠上一層煙，一層霧，看來是那麼的迷濛。

他的神態亦是迷惘之極，彷彿在回憶著什麼。

龍飛脫口呼道：「公孫兄，你在想什麼？」

公孫白似聽到，又似沒有聽到，夢囈一樣應道：「水晶……」

龍飛試探道：「水晶與你到底是什麼關係？」

公孫白道：「我與她？」突然如夢初覺，苦笑。

龍飛盯著他。

公孫白苦笑接道：「我也不知道。」

「哦？」龍飛不由得一怔。

公孫白還有話：「真的不知道——不知道——應該怎樣說。」

龍飛道：「那麼她到底是什麼人？」

公孫白道：「翡翠姑娘說的話，你相信不相信？」

「不相信。」龍飛接又嘆息道：「可是她又不像在說謊。」

公孫白道：「她確實並沒有說謊。」

龍飛道：「你相信她真的是一塊水晶雕琢出來，是一個精靈——水晶的精靈。」

公孫白點頭，道：「我相信，可是我又不能向你解釋清楚為什麼我會相信。」

龍飛無言。

公孫白亦欲言又止。

龍飛盯著他一會，道：「翡翠說她已經不存在，形神俱滅。」

公孫白呻吟著道：「可是你我方才都看見她。」

龍飛道：「你肯定是她？」

公孫白點頭。

龍飛目光往湖面一落，嘆息道：「也許我方才不應該制止你追下去，但她若真的是一個精靈，你就是追下去，也會毫無所得，況且——」

一頓道：「你的精神體力顯然還沒有完全恢復過來。」

公孫白嘆息道：「龍兄的好意，我是明白的。」

龍飛道：「還有，翡翠說那些話的時候，態度很認真，不像在說謊。」

公孫白好像一直都沒有考慮到這個問題，這時候才突然醒覺到，動容道：「龍兄這是說，方才我們是……是……」

他一連說了兩個「是」字，下面的話接不上來。

龍飛替他接下去，道：「我們是見鬼了。」

公孫白道：「但是……」

龍飛截道：「公孫兄不說我也明白——水晶既然不是一個人，只是一塊水晶的精靈，那便該一如翡翠所說，形神俱滅，什麼都不再存在。」

公孫白接道：「她既然不是一個人，當然不會變成一個鬼。」

龍飛道：「可是她方才卻在我們面前出現。」

公孫白道：「這也許是我的幻覺。」

龍飛道：「那麼我又該如何解釋？」

公孫白苦笑。

龍飛接道：「而且，這並非我第一次看見她，在我到來那天夜裡，我已經見過她了。」

公孫白道：「龍兄當然不會欺騙我的，也沒有這個必要。」

龍飛忽然嘆了一口氣，道：「你現在是否覺得有些胡塗？」

公孫白不能不點頭。

龍飛道：「我也是，這裡一切都是如此的令人疑幻疑真。」

公孫白道：「一切都簡直不像是人間所有。」

龍飛道：「甚至人也是。」

公孫白道：「難道這真的是天人境地？」

龍飛沒有回答。

公孫白忽然嘆息道：「但除了翡翠之外，其他的好像鈴瑲、珍珠她們一些都不像天人。」

龍飛道：「的確不像。」

公孫白苦笑，道：「她們倘若也是天人的一種，再這樣下去，只怕我也有資格做天人了。」

龍飛明白公孫白的意思，苦笑無語。

其實，就連他進來這地方之後，很多時都不免生出一種自己已變成了白痴的感覺。

謎一樣的地方，謎一樣的人物。

龍飛本來就是一個好奇心很重的人，也所以，他現在已感覺到有些苦惱。

到現在為止，他仍然毫無頭緒。

因為他接觸的人，若非高不可攀，就是莫測高深。

杜殺是前一類，翡翠是後一類。

再還有就是珍珠、鈴瑺那一類——白痴。

嚴格說來，她們當然還不是白痴，然而與白痴的分別，相信也絕不會有多大。

公孫白亦沉默了下去好半晌，才說道：「龍兄，我實在很想去見一個人。」

龍飛道：「杜殺？」

公孫白一怔，道：「龍兄怎會知道？」

龍飛道：「這裡只有杜殺一個人，才能夠解開我們心中的疑團。」

公孫白道：「只有杜殺。」

一頓又說道：「翡翠你是知道了，沒有杜殺的命令，毫無疑問她是絕不會向我們多說什麼的。」

龍飛沉吟道：「我也很想去一見杜殺。」

公孫白道：「不知道將會有什麼結果？」

龍飛道：「很可能，他會立即請我們離開。」

公孫白道：「我們本該離開了。」他望著龍飛，沉聲接道：「但是他若不給我一個滿意答覆，我縱然現在離開，以後還是會來的。」

龍飛道：「你那張羊皮地圖，據說是流傳在外面的最後一張，這個地方將會在我們離開之後完全封閉。」

公孫白脫口問道：「這所謂封閉，不知道又是什麼意思？」

龍飛搖頭道：「要問杜殺了。」

公孫白道：「會不會整座宮殿天外飛去，不再存在人間？」

龍飛道：「這簡直就是神話。」

他苦笑接道：「但是我卻不能夠肯定告訴你會不會。」

公孫白道：「這個地方是不是很隱秘？」

龍飛點頭，道：「但絕非不能夠再找到來，除非這座宮殿真的不再存在。」

公孫白道：「若非如是，『封閉』這兩個字就完全沒有意思。」

龍飛道：「倒不是。」

公孫白追問道：「龍兄能否說明白一些？」
龍飛道：「譬如說，用人力阻止外人闖入。」
公孫白道：「這裡的人也懂武功？」
龍飛道：「倘若那個叫做杜惡的老人，當夜在樹林中殺人所用的是武功，他應該是一個高手。」
公孫白道：「較龍兄如何？我又如何？」
龍飛道：「不知道，我沒有與他交手，也沒有見他出手。」
公孫白道：「天下間龍兄你以為有沒有無敵的武功？」
龍飛又是道：「不知道。」
公孫白道：「這是說，龍兄還沒有見過一個天下無敵的高手。」
龍飛道：「嗯。」
公孫白道：「我也沒有見過，所以這裡住的若不是天人，這裡是絕對不能夠封閉起來的。」
龍飛沒有作聲，陷入沉思之中。
公孫白道：「這所謂天人，也許就只是『碧落賦中人』的意思。」

龍飛道：「江湖上傳說，碧落賦中人乃是來自天上，這當然，未嘗不可能是他們的武功高強，一直以來都沒有人打得過他們，由此被神化。」

公孫白道：「我也是這樣想。」

他沉吟接道：「彼一時，此一時，當年他們的武功，或許真的能夠天下無敵，現在縱然未退化，亦未必再能夠無敵天下。」

龍飛淡然一笑，道：「無論如何，我們現在都不妨去一見杜殺。」

公孫白道：「現在？」

龍飛頷首。

說話間，那些螢火蟲已經向湖的彼岸飛去。

他們看似散亂，又似極有規律。

這實在是一件非常奇怪的事情。

公孫白也發覺了，道：「那些螢火蟲好像久經訓練。」

龍飛道：「好像是。」

公孫白道：「螢火蟲也能夠給予訓練？」

龍飛道：「很難說。」

公孫白道：「鴿子能夠訓練傳訊，毒蛇在久經訓練之下，也一樣能夠由人支配，以此類推，應該是什麼生物都可以的。」

龍飛道：「卻沒有聽說過有人能夠訓練支配螢火蟲。」

公孫白道：「我也沒有。」

龍飛苦笑，縱目望去。

螢光在碧綠的燈光中逐漸暗淡，消失。

公孫白也向那邊望去，倏的四顧一眼，道：「現在所有螢火蟲都飛走了。」

龍飛道：「嗯。」

公孫白道：「來得突然，去得也是，不知道牠們飛到哪裡去？」

這個問題龍飛當然也回答不出來。

公孫白接道：「我們現在就是說出去，只怕也沒有人會相信。」

龍飛搖頭，道：「未必！」攤開雙手。

在他的雙手掌心，各有一隻螢火蟲，碧綠的螢火之下，他那雙手掌說不出的怪異。

那兩隻螢火蟲都振翅欲飛，可是都飛不起來。

公孫白看在眼內，道：「龍兄好高的內功。」

龍飛道：「公孫兄也一樣做得到。」

公孫白道：「我若是這樣做，尤其是現在，那兩隻螢火蟲非死不可。」

龍飛道：「哦？」

公孫白道：「現在我的內力仍然未能夠凝聚。」

龍飛道：「看來閻王針果然惡毒非常。」

公孫白道：「所以我不相信他們來自天上，否則一顆仙丹，已可以令我的健康完全恢復過來。」

龍飛沉吟不語。

公孫白道：「不過就是在未中閻王針之前，我的內力亦未到收發如意的地步。」

龍飛道：「這其中我也是弄巧，否則只憑內力，這兩隻螢火蟲雖然不死，亦難免被我的內力震傷。」

一面說，他一面將手掌收起來。

公孫白道：「龍兄想給杜殺一看這兩隻螢火蟲？」

龍飛道：「這是唯一的證據，證明我們並沒有說謊。」

公孫白道：「她若是真的無所不知，就不給她看見這兩隻螢火蟲，也應該知道方才我們的遭遇。」

龍飛道：「應該是。」

公孫白道：「甚至她現在應該派人來請我們去一見了。」

龍飛淡然一笑。

公孫白接問道：「是了，如何才能夠見杜殺？」

龍飛道：「翡翠相信可以替我們傳話。」

公孫白道：「可是翡翠呢？我們哪裡找她？」

龍飛苦笑。

公孫白沉吟道：「那些侍女也許可以替我們傳達。」

龍飛道：「不妨找她們一試。」目光一轉，望向公孫白的房間。

公孫白道：「在我房間外本有兩個侍女輪流等候在那裡，可是一直到現在都不見。」

龍飛道：「也許她們知道你在我那兒，以為有鈴瑺、珍珠二人侍候已足夠。」

公孫白道：「她們能夠想到這些？」

龍飛道：「我希望她們能夠。」

公孫白道：「龍兄菩薩心腸。」

龍飛微喟道：「我們且到那邊去，看珍珠、鈴璫能否幫我們這個忙。」

他舉起腳步，公孫白走在他的身旁。

霧氣這時候亦已消散。

周圍仍然是一片靜寂。

◇

在龍飛的房間門外，只有珍珠一個人守候著。

看見龍飛、公孫白走來，她的面上又露出那種白痴無異，令人心寒的笑容。

龍飛心中暗自嘆息，在珍珠身旁停下，問道：「玲瑺呢？」

珍珠癡笑道：「去睡覺……睡覺了。」

龍飛柔聲道：「珍珠，你可否幫我一個忙？」

珍珠呆望著龍飛，好像聽得懂，又好像根本就不知道龍飛在說什麼。

龍飛不得已這樣問：「你是否聽得懂我的話？」

珍珠點頭，面上笑容再現。

龍飛緩緩道：「我要見你們主人，希望你能夠替我通傳一聲。」

珍珠笑容又一歛，道：「主人？」

龍飛道：「也即是杜——殺！」

珍珠不作聲，一絲笑容也都已沒有。

龍飛再問道：「能夠嗎？」

珍珠道：「你要見我們的主人？」

龍飛道：「是。」

珍珠道：「我們主人曾經吩咐下來，如果你要去見她，就去告訴她。」

龍飛道：「什麼時候吩咐的？」

珍珠道：「方才我來的時候。」

龍飛道：「那麼請你走一趟。」

珍珠忽然問道：「公子，你要離開了？」

龍飛奇怪的望著珍珠，奇怪她這樣的問。

珍珠的眼淚緊接流下。

龍飛更奇怪，道：「珍珠，怎樣了？」

珍珠道：「你離開這裡，不會再回來了，是不是？」

龍飛道：「我沒有說過現在離開。」

珍珠道：「主人告訴我們，你離開的時候就會要見她，我們就必須替你通傳。」

龍飛恍然大悟，道：「我現在並不是這個原因找她。」

珍珠道：「不是離開，你也可以見我們主人？」

龍飛道：「為什麼不可以？」

珍珠回答不出來，呆望著龍飛。

龍飛道：「總之，請你替我們通傳一聲。」

珍珠呆了好一會，才點頭，忽然道：「公子對我們太好了，不離開，我們一定會盡心侍候公子。」

龍飛道：「天下間無不散的筵席。」

這句話珍珠又不懂了。

龍飛看得出，嘆息道：「我是說，遲早總要離開，因為我到底不是這裡的人。」

珍珠茫然道：「公子不是這裡的人，所以公子遲早一定要離開。」

龍飛點頭。

珍珠眼淚又流下。

龍飛看在眼內，實在奇怪之極。

——為什麼她流淚？難道在這裡沒有人比我對她們更好？

龍飛動念未已，珍珠已含淚轉身，向外走去。

龍飛、公孫白目送她離開，並沒有跟上去。

他們也沒有等多久。

◇◇◇

回來的並非珍珠一人，還有鈴瑺，在她們的面上已沒有那種白痴般的笑容。

珍珠淚未乾，鈴瑺亦黛眉深鎖。

她們都癡癡的望著龍飛，無限留戀也似。

這無疑就是她們與白痴不同的地方——她們都還有情感。

她們也只是將龍飛、公孫白送到杜殺當日召見龍飛的那座宮殿之外，就一旁退開。

一聲也不發。

◇◇◇

——爾其動也，風雨如晦，雷電共作。
——爾其靜也，體象皎鏡，星開碧落。
龍飛目光不覺又落在那面刻著碧落賦的雲壁之上。
公孫白目光亦落下，道：「這是碧落賦。」
龍飛尚未回答，杜殺威嚴的聲音已從殿內傳出來：「你們都來了？」
龍飛道：「是。」
杜殺接問道：「是誰要見我？」
龍飛道：「我們兩人都……」
杜殺截口道：「都進來！」
龍飛即舉步走進去，公孫白看在眼內，慌忙亦舉步。

請續看《水晶人》下

古龍集外集 1

驚魂六記之 水晶人(上)

作者：古龍 / 創意　　黃鷹 / 執筆
發行人：陳曉林
出版所：風雲時代出版股份有限公司
地址：10576台北市民生東路五段178號7樓之3
電話：(02) 2756-0949　　傳真：(02) 2765-3799
封面原圖：明人出警圖（原圖為國立故宮博物館典藏）
封面影像處理：許惠芳
執行主編：劉宇青
行銷企劃：林安莉
業務總監：張瑋鳳
出版日期：2022年7月
ISBN ：978-626-7025-95-6

風雲書網：http://www.eastbooks.com.tw
官方部落格：http://eastbooks.pixnet.net/blog
Facebook：http://www.facebook.com/h7560949
E-mail：h7560949@ms15.hinet.net
劃撥帳號：12043291
戶名：風雲時代出版股份有限公司

風雲發行所：33373桃園市龜山區公西村2鄰復興街304巷96號
電話：(03) 318-1378　　傳真：(03) 318-1378
法律顧問：永然法律事務所 李永然律師
北辰著作權事務所 蕭雄淋律師

行政院新聞局局版台業字第3595號 營利事業統一編號22759935

國家圖書館出版品預行編目資料

水晶人／古龍創意；黃鷹執筆. -- 二版.-- 臺北市：
風雲時代, 2022.06
冊；　公分.
ISBN: 978-626-7025-95-6（上冊：平裝）
ISBN: 978-626-7025-96-3（下冊：平裝）

857.9　　111006217